Danka Todorova

Spiel für mich weiter

Roman

Impressum
© Danka Todorova 2019
Alle Rechte vorbehalten

Kein Teil dieses Werkes darf ohne schriftliche Genehmigung der Autorin reproduziert oder vervielfältigt werden.

Lektorat: Elsa Rieger
Covergestaltung & Layout: www.buchstabenpuzzle.de
Coverbild: mat_hias auf pixabay.com
Bild Inlay: Schmidsi auf pixabay.com
Kontakt: www.autorinschreibt.blogspot.de

Unterstützt durch das Kulturamt / Kulturbüro der Stadt Karlsruhe

Bibliografische Information der Deutschen Nationalbibliothek: Die Deutsche Nationalbibliothek verzeichnet diese Publikation in der Deutschen Nationalbibliografie; detaillierte bibliografische Daten sind im Internet über http://dnb.dnb.de abrufbar.

Herstellung und Verlag: BoD – Books on Demand, Norderstedt

ISBN: 978-3-7412-2229-0

Danka Todorova

Spiel für mich weiter

Roman

INHALT

Kapitel 1 7

Kapitel 2 17

Kapitel 3 29

Kapitel 4 51

Kapitel 5 59

Kapitel 6 68

Kapitel 7 77

Kapitel 8 87

Kapitel 9 100

Kapitel 10 113

Kapitel 11 121

Kapitel 12 122

Kapitel 13 125

Kapitel 14 134

Über die Autorin 147

Weitere Bücher der Autorin 148

KAPITEL 1

Endlich bin ich da, wo ich immer sein wollte. Noch habe ich fünf Minuten, bis die Straßenbahn kommt. Das reicht mir, um ein bisschen Klavier zu spielen.

Ich springe vom Fahrrad und eile zum Schreibwarengeschäft Papier Fischer, vor dem ein Klavier auf der Straße aufgestellt ist. Meinen Rucksack werfe ich im Bogen, er landet neben dem Fahrrad auf dem Boden. Während mein Blick die Umgebung abtastet, finde ich die richtige Sitzposition zum Spielen.

Ich spiele mein Lieblingsstück und hoffe, dass sich ein Gefühl der Erleichterung einstellt. Es sei denn, die Töne wüssten, was gerade mit mir los ist und hätten eine Lösung für mich parat.

Katerina, Katerina, schau mal auf die Uhr!, ermahnt mich wie aus dem Nichts eine innere Stimme und ich breche das Spielen ab. Ich hole das Handy aus der Tasche und schaue auf die Uhr.

»Verdammt, ich komme wieder zu spät zur Vorlesung, dabei darf ich sie nicht verpassen«, murmle ich, schnappe mir den Rucksack und das Fahrrad und sehe, wie sich die Bahn in Richtung Uni in Bewegung setzt. Zu spät!

Dabei wollte ich heute unbedingt pünktlich sein. Nun radle ich wie ein Teilnehmer an der Tour de France durch die Straßen von Karlsruhe.

Es ist ein Sommermorgen und meine erste Vorlesung heute ist das Fach Zeichnen und Gestalten.

Vor zwei Semestern wusste ich noch nicht, dass Technisches Zeichnen eines der wichtigsten Fächer des Architekturstudiums ist. Zeichnen und Gestalten Teil eins habe ich mit der Note Eins bestanden, in Teil zwei bin ich durchgefallen.

Wie bei einem Wettkampf bleiben mir nur noch zwei Versuche, den Widersacher Technisches Zeichnen zu besiegen.

In zwei Tagen ist mein Prüfungstermin.

Verschwitzt, die Haare zerzaust, öffne ich mit zitternden Händen die Tür zum Vorlesungssaal und stecke zuerst den Kopf durch den Spalt, um wie ein Spion die Lage zu erkunden.

Der Professor schreibt Formeln an die Tafel und sieht mich nicht. Jetzt ist der Moment, denke ich und trete ein.

Professor Walter ist ein eleganter Mann, Mitte vierzig. Manchmal habe ich das Gefühl, seine Brillen sind nicht nur Sehhilfen, sondern dienen ihm auch zum Schutz der Augen und vor uns. Seinen Armani-Anzug trägt er nur, wenn wichtige Termine in unserem Dekanat anstehen.

»Guten Morgen, Frau Anasta - Anastassol - ssopoulos«, begrüßt er mich und die Studenten lachen. Einige laut, andere leise.

Alle Blicke wandern zu meinem verschwitzten Gesicht. Zwar nur kurz, doch das reicht, um mich zu verunsichern und mir den Tag zu vermiesen. Warum nur haben alle mitbekommen, dass ich mal wieder zu spät bin?

»Guten Morgen, Professor Walter«, meldet sich wie von selbst meine Stimme.

»Wir wollen doch das zweite Modell nicht versäumen, nicht wahr?«

Er macht einen Schritt zur Tafel und lässt mich und meine Kommilitonen in Ruhe. Keiner sieht mich mehr. Der Platz in der letzten Reihe neben Moni ist frei. Ich setze mich vorsichtig und versuche, keine Geräusche mehr zu machen.

Es ist still.

Wenn der Professor redet, beherrscht er mit seinen Worten die Luft wie ein Schwan das Wasser, wenn er majestätisch durch einen See gleitet.

Meine Freundin Moni grüßt mich flüchtig und konzentriert sich auf die Zeichnung an der Tafel. In meinem Zeichenblock skizziere ich Säule um Säule, und keine davon ist dem Modell ähnlich. Der Stift hinterlässt Spuren im Labyrinth der Formeln, Wörter und Formen auf dem Blatt.

Die Köpfe der Studierenden sind nach unten gerichtet. Meiner auch. Bei einer Durchfallquote von fünfzig Prozent sind Stille und Disziplin angesagt. Ebenso für mich.

Während ich meinen Blick auf die Zeichnung an der Wandtafel richte, tauchen vor meinem inneren Auge plötzlich Bilder wie aus einem Film auf.

Ich sehe mich, wie ich Treppen hochsteige, langsam eine Holztür öffne und in einen Raum gelange, der vollgestopft mit alten Möbelstücken ist. Es scheint ein Wohnzimmer zu sein. Die Wandfarbe ist giftgrün mit silbernen Blumenmotiven, die ich nicht genau erkenne. Mein ganzer Körper versteinert. Ich kann keinen Schritt machen.

»Katerina, was ist los mit dir? Geht es dir nicht gut?«, meldet sich Moni.

»Alles in Ordnung«, sage ich und komme wieder zu mir. Was war das gerade? Was für ein Haus war das? Es fällt mir schwer, mich zu konzentrieren.

Als wir fertig sind, lese ich an der Tafel im Flur vor dem Vorlesungsraum, wo ich mein Praktikum absolvieren werde. Neben meinem Namen stehen zwei Wörter: Hohenwettersbach und Bremgartner.

Jeder von uns muss ein Praktikum in einem Architekturbüro nachweisen können.

Es war reiner Zufall, dass ich auf einer Party Volker traf. Damals wusste ich noch nicht, dass ich ein Praktikum brauche. Als er sagte, er arbeite in einem Architekturbüro in Karlsruhe, habe ich gelacht. Genau richtig, dachte ich. Er bot mir seine Hilfe an, falls ich Probleme im Studium hätte. Die Erinnerung an die Nacht danach ist verschwommen. Er meldete sich mit SMS und Telefonaten. Ich nahm mir vor, ihn anzurufen und als ich nach Karlsruhe kam, erinnerte ich mich an ihn.

»Kein Problem. Du kommst zu uns, wir haben hier reiche Kunden«, meinte er, und ich war froh, einen Praktikumsplatz zu haben. Um die Adresse zu erfahren, rief ich an. Mit dem Fahrrad musste ich eine ordentliche Steigung bewältigen, um zum Büro zu gelangen. Und meine sportlichen Aktivitäten sind begrenzt - Radfahren und etwas Training im Fitnessstudio. Durchgeschwitzt betrat ich das Architekturbüro.

Mein Leben dreht sich derzeit um sich selbst. Ich habe das Gefühl, jeden Tag kommt etwas Neues dazu, noch bevor ich das Alte erledigen kann.

Gestern klingelte die nette Nachbarin von unten an meiner Tür. Die alte Dame grüßte mich von Anfang an, seit ich eingezogen war. Diesmal trug sie zwei schwere Taschen, wie die Gewichte im Fitnessstudio, die den jungen Männern helfen, ihre Körper in die Apollos zu verwandeln.

»Warten Sie mal, ich helfe Ihnen«, ich nahm ihr die Last ab. »Wenn Sie möchten, kann ich für Sie Einkäufe erledigen«, bot ich ihr höflich an.

Die nette Nachbarin, Frau Knopp, erinnert mich an meine verstorbene Oma Eleni in Griechenland. Meiner Oma verdanke ich die Freude am Lesen, mein Geschick im Kopfrechnen und das Musizieren.

Oma hatte in ihrem Zimmer einen alten Flügel. Darauf stand die Statue einer Göttin, deren Name ich nicht wusste.

»Schau, Katerina, das ist Clio, die Muse der Musik und der Geschichte. Sie hört zu, was wir spielen, und erzählt mit Tönen Geschichten. So wirst du auch Geschichten mit deiner Musik erzählen«, prophezeite sie.

»Oma, zeig mir, was die Muse macht«, höre ich mich heute noch sagen und sehe das Gesicht meiner geliebten Oma vor mir. Ich war drei und meine Füße reichten noch nicht vom Hocker vor dem Flügel auf den Boden. Meine Hände lagen wie im Mutterschoß sicher auf den Tasten und ich tauchte in eine andere Welt ein – von Göttern, dem Meer, Booten und Menschen, die ein Land bewohnten, in dem alles möglich war. Alles federleicht und aufregend.

Clio, die weiße Statue aus meiner Kindheit, steht nun bei mir in der Wohnung in Karlsruhe am Fenster. Sie blickt nach draußen in der Erwartung, das Blau des Meeres zu sehen, die leichte Brise zu spüren und die Töne zu hören. Immer, wenn ich die Muse sehe, weiß ich, dass meine Oma bei mir ist.

Sie sagte mir damals: »Katerina, die Muse ist in dir und mir. Wenn du sie siehst, bin ich bei dir.«

Ich war tagelang sehr traurig und konnte nicht verstehen, warum meine Oma Eleni nicht mehr da war. Keiner sagte mir, wo sie geblieben war. Darüber redeten die Menschen in Griechenland nicht.

»Sie ist bei der Göttin«, sagte ich mir, »hoffentlich geht es ihr gut«.

Kurz danach kam ich mit meinen Eltern nach Deutschland.

An der Küste wartet das Haus meiner Oma geduldig ein ganzes Jahr, bis wir wiederkommen. Wir fahren jeden Sommer, fast jeden Sommer.

Doch diesen Sommer bleibt das Haus an der Küste unbewohnt.

Heute früh hetze ich mich ab, um die Tram Linie 1 in Richtung Durlach zu erreichen, wo ich Anschluss nach Hohenwettersbach habe. Heute sehe ich meinen Praktikumsplatz zum ersten Mal.

Mein schönes gelbes T-Shirt ist schweißnass und ich ärgere mich, weil ich kein Ersatzshirt dabei habe.

Tausend Gedanken schwirren in meinem Kopf. Diesmal hat die Bahn eine kleine Verspätung. Ich ergattere einen Platz am Fenster und versinke wieder in meiner Welt. Meiner inneren Welt, die keiner sieht und kennt.

Warum tauchte dieses Haus bei der Vorlesung auf? Was hat das zu bedeuten? Soll ich das Haus in der Realität sehen oder war das nur eine Täuschung?

Das schreiende Kind auf dem Platz mir gegenüber stellt meine Nerven auf eine Geduldsprobe. Solche Schreihälse kann ich nicht leiden. Etwas läuft schief bei dieser Mutter. Der Gedanke kommt mir plötzlich und ich bin mir nicht sicher, woher das rührt.

Am Gottesauer Platz steigt die Mutter mit ihrem schreienden blonden Wonneproppen aus und ich atme tief durch.

Die Bahn rollt in Richtung Turmberg, der letzten Haltestelle. Dort bekomme ich den Bus nach Hohenwettersbach.

Ich schaue schnell auf meine Verkehrsapp, wann der nächste kommt, und nutze die verbleibenden Minuten, um mir am Kiosk an der Endstation eine Brezel und ein Croissant zu holen.

Die Aufgaben bei diesem Praktikum bestehen darin, ein Modell der Innenausstattung anzufertigen und den Architekten zu unterstützen. Es gibt noch ein paar weitere Aufgaben, die ich in einer Ecke meines Gedächtnisses als selbstverständlich speichere, ohne ihnen große Bedeutung zu geben. Ich bin verpflichtet, an zwei Wochentagen vor Ort zu sein.

Von außen scheint das Haus klein zu sein. Als ich den Garten betrete, sehe ich, dass sich unten noch zwei Stockwerke befinden. Die Blumen und Büsche im Garten erinnern mich an eine toskanische Landschaft. Wer wohl ist der Toskana-Fan, der Gatte, seine Frau oder der Gärtner, frage ich mich und gehe langsam die Treppen hoch.

Mein Hals ist trocken und die Hände fangen mir zu zittern an. Was ist mit mir los? Ich balle sie zu Fäusten, öffne sie wieder und wiederhole das ein paarmal. Das Zittern hört nicht auf.

Ich bin verzweifelt. Vor mir ist eine unsichtbare Barriere, die ich überwinden muss. »Kati, komm schon«, sage ich mir und öffne die Holztür.

Im Flur ist niemand zu sehen. Die dunkelbraune Wandfarbe, die zwei Lampen an der Decke, das alte schwarze Telefon machen mich sprachlos.

Was war hier geschehen? Warum lassen die Besitzer dieses Haus komplett neu einrichten? Die Aufgabe bei diesem Praktikum besteht darin, ein Modell der Innenausstattung anzufertigen und den Architekten zu unterstützen. Es gibt noch ein paar weitere Aufgaben, die ich in einer Ecke meines Gedächtnisses speichere, ohne ihnen große Bedeutung zu geben. Ich bin verpflichtet, an zwei Wochentagen vor Ort zu sein. Der Besitzer des Hauses ist ein wohlhabender Mann, der sich ein schönes Zuhause wünscht und dafür ordentlich Geld springen lässt. Was wird passieren, wenn seine hübsche Gattin in ein paar Jahren einen Liebhaber findet, der das ganze Wunschprogramm des Mannes durcheinanderbringt? Der Knoten in meinem Hals wird stärker. Ich fühle mich wie gelähmt.

»Frau Anastassopoulos, kommen Sie doch rein«, höre ich wie hinter einem Vorhang die Stimme des Architekten. »Guten Tag, schön, dass Sie hergefunden haben. Kommen Sie, es ist viel zu tun.« Er reicht mir zur Begrüßung die Hand.

Ich erwidere etwas, das wie »guten Tag« klingen soll und verberge, was mit mir los ist.

Er öffnet eine Tür und zeigt mir ein Zimmer, das ich schon kenne. Blumenmotive an den Wänden auf giftgrünem Hintergrund. Ein Fenster zur rechten Seite lässt spärliches Licht herein. Die Möbel fehlen. Nur ich, der Architekt und das giftige Grün an den Wänden sind da.

»Der Kunde wünscht sich hier eine neue Stilrichtung. Es soll modern und mediterran wirken. Schaffen Sie es, bis Montag entsprechende Vorschläge auszuarbeiten?«, fragt der Architekt direkt.

Ich mache unsicher zwei Schritte zurück in Richtung Tür und bringe keinen Ton heraus.

»Frau Anastassopoulos, geht es Ihnen nicht gut?« Er sucht meine Augen, die auf die Wände gerichtet sind.

Ich staune wie hypnotisiert, ohne den Kopf zu bewegen. In meinem Magen breitet sich ein flaues Gefühl aus, mir wird schlecht.

»Soll ich Ihnen Wasser holen?«, fragt Herr Bremgartner.

»Es geht schon, danke«, höre ich wie aus einer anderen Welt meine eigene Stimme. Tief ein- und ausatmen. Noch mal und noch mal, Katerina, sage ich mir. Diese Atemtechnik praktiziere ich vor jeder Prüfung, um meine Angst zu verscheuchen. Ich weiß, dass es hilft. Ich wende es an.

Jedes Mal, wenn ich weiß, es geht um mein Leben und meine Noten, setze ich diese Atemtechnik ein.

Und jetzt brauche ich Konzentration, um die Aufgaben nach Wunsch des Architekten zu erledigen. Denn ich brauche gute Noten, die meinen Lernerfolg beweisen. Ich atme.

Der Rest meines ersten Praktikumstags bleibt wie im Nebel und ich höre mich tief atmen, als ich nachmittags gegen fünf Uhr in Richtung Bushaltestelle laufe.

»Ich will jetzt spielen«, sage ich mir erleichtert. Der Abendverkehr rauscht vorbei, die Bahn ist voll mit Menschen, die nur ein Ziel haben, ihr Zuhause so schnell wie möglich zu erreichen. Ich will auch mein Ziel erreichen, das Klavier auf der Kaiserstraße in der Innenstadt.

Auf ihm steht ein Schild mit der Aufschrift Spiel mich. Es war wie eine Eingebung, als ich die Aufforderung zum ersten Mal las. Für mich persönlich, dachte ich. Jemand wusste, was ich brauche und machte mir dieses Geschenk. Bloß, wer macht Geschenke, ohne etwas zu erwarten? Wer wusste, dass ich es brauche? Dass ich meine Musik darauf spielen wollte?

Später an dem Tag, als ich das Klavier entdeckt hatte, suchte ich online, was dieses Spiel mich bedeutet.

Ich las: Eine Privatinitiative schenkte Klaviere zum Stadtgeburtstag. Sie wurden dort frei aufgestellt, wo der Baulärm sich mit der Musik und den vorbeieilenden Menschen vermischte. Ein Stadtsound nur für Karlsruhe. Und für mich. Mehr als zwölf Klaviere auf der Straße sind genug für meine Sehnsucht zu spielen, dachte ich.

Nun bin ich da und spiele Frédéric Chopin. Seine Stücke schenken mir Freude. Die Töne tragen mich wie die Flügel eines großen Vogels, der über einen Canyon fliegt und das sieht, was das menschliche Auge nicht entdecken kann. Ich bin oben und schaue wie ein winziger Punkt aus. In der Ferne sehe ich, wie Wasser die Sonnenstrahlen reflektiert. Ich will unbedingt dahin. Die Dauer des Musikstücks reicht nicht aus, um Schmerz und Probleme in mir verschwinden zu lassen.

Jemand klatscht, ich höre »Bravo« und schaue auf. Zwei Meter von mir entfernt lächeln ein paar Menschen. Sie wollten meine Musik hören.

Ich stehe auf, verbeuge mich, lächle ebenfalls. Mein »Danke« ist sehr leise. Für kurze Zeit vergesse ich das Chaos in meinem Leben, das unheimliche Haus von vorhin, die unbezahlten Rechnungen, die Trennung von meinem Freund - oder eher, verlassen worden zu sein -, die kommende Prüfung.

»Schluss jetzt, Katerina, geh nach Hause«, sage ich mir.

In der Wohnung im dritten Stock sind wir zu dritt. Timo, Fabrizio und ich. Timo ist ein Informatikstudent aus Freiburg, Fabrizio kommt aus Bielefeld und ist in Italien geboren. Ich komme mir komisch vor, weil ich mich um die wichtigsten Sachen kümmern muss: Miete, Nebenkosten und so. Die anderen zwei übernehmen nur ab und zu den Putzplan, was die Sache nicht leichter macht.

»Cara mia, mach dir keinen Kopf«, sagt Fabrizio immer, wenn er sieht, dass ich eine finstere Miene aufgesetzt habe. »Alles wird gut«.

»Nichts ist gut. Wann gibst du mir das Geld für die Miete?«

»Katerinchen, komm mal her, ich habe Spaghetti gekocht, schau mal. Riecht das nicht gut?«, weicht er meiner Frage aus. Er weiß immer, wie er mich besänftigen kann. Und er glaubt, er könne ein Geheimnis vor mir verbergen. Nein, er ist nicht schwul.

Doch eines Abends sah ich ihn ein Haus verlassen. Casino stand auf dem Schild über dem Eingang. Eine nette blonde Begleitung war dabei. Beide konnten mich nicht sehen.

Die Dunkelheit ist das Reich von Menschen, die Probleme haben, nicht schlafen können oder vor einer Entscheidung stehen. Ich bin verlassen worden. Mehrere Nächte danach zählte ich vor dem Einschlafen Schafe, die bis um vier Uhr morgens auf meiner grünen, schlaflosen Wiese standen. Die Gedanken kreisen um die vergangenen Monate mit Robert. Wie hatte mir das nur passieren können? Was habe ich falsch gemacht? Die endlose Schleife des Selbstmitleids hinterließ ihre Spuren.

»Du hast schon besser ausgesehen«, bemerkte Moni vor einer Vorlesung.

»Was meinst du damit?«, fragte ich verständnislos.

»Hast du Schluss gemacht?«

»Sie ist blond. Und um es klar zu stellen, er hat mich verlassen.«

»Was? Aber er war so verliebt in dich. Katerina, es tut mir sehr leid«, sagte sie, umarmte mich und blieb eine Weile so. »Ich kann das verstehen.«

Ich schaute zu ihr hoch, sie ist größer als ich. »Du?«

»Ich hatte letztes Jahr so einen Mistkerl. Gott sei Dank, habe ich nur eine Woche geweint. Danach habe ich ihn vergessen.«

»So schnell?«, ich wunderte mich, »keine Ahnung, wie lange es bei mir dauert«.

»Ich erzähle es dir nach der Vorlesung, lass uns jetzt reingehen.«

Wir gingen in den Hörsaal und ich hatte das Gefühl, mit meinem Kummer nicht mehr alleine zu sein.

Nach der Vorlesung fühlte ich mich trotzdem wie am Boden zerstört. Was macht er jetzt?, fragte ich mich und was hätte passieren müssen, damit er bei mir bleibt? War ich nicht gut genug für ihn? Zählte für ihn nur der schöne Körper? Er war doch so verliebt. Wir haben so viel Gemeinsames erlebt. Was passiert, wenn er nicht lange bei der Neuen bleibt? Soll ich zu ihm gehen? Es hatte sich doch richtig angefühlt. Nur Lügen, alle diese Worte, nur um mich ins Bett zu kriegen? Es war doch keine Liebe. Wenn Robert mich geliebt hätte, wäre er bei mir geblieben. Das alles kreiste in meinem Kopf.

»Katerina, lass uns was trinken gehen«, schlug Moni damals vor und nahm mich an die Hand. Ich hatte nichts dagegen. »Wir gehen in die Zwiebel, heute spielt eine irische Band. Es wird dir gefallen.«

»Na gut, aber nur weil du es bist«, stimmte ich zu und wir gingen in die Oststadt, wo meine Kommilitonin wohnt.

Sie liebt dieses Viertel von Karlsruhe. »Eine runde Sache bringt mehrere runde Sachen zusammen«, scherzte sie oft.

»Eine runde ...«

»Sache«, beendete ich ihren Satz und schon sah die Welt anders aus.

Die Zwiebel ist eine Kultkneipe in Karlsruhe. Viel besucht und beliebt. Wir tranken Bier und versuchten unsere Beziehungspleiten zu vergessen. Nach zwei Gläsern war mein Kummer nicht weg, aber zumindest dachte ich kaum noch an mein Verlassen-geworden-zu-sein-Leid.

Doch je mehr Zeit vergeht, umso wilder drehte sich das Gedankenkarussell und meine Laune machte den Mitmenschen zu schaffen. Sie verstehen mich nicht. Trotzdem geben sich Timo und Fabrizio Mühe, mit mir vorsichtig umzugehen, so als ob ich krank wäre.

Heute treffe ich in der gemeinsamen Küche auf Timo, der sich eine Flasche Bier aus dem Kühlschrank holt.

»Willst du auch eine?«, fragt er und schaut mich erwartungsvoll an. Er öffnet erneut die Kühlschranktür.

»Hier, für dich.« Er gibt mir die Flasche und wir stoßen an.

»Salute, noch eine Klausur ist geschafft«, verkündet er.

»Salute.«

Seit Fabrizio bei uns wohnt, hat er viele italienische Wörter in unser gemeinsames Leben in der WG eingeführt. Anstoßen nach italienischer Tradition ist eines davon. Wir essen oft Pasta und trinken Wein aus Sizilien oder der Toskana.

Während Timo erzählt, wie er seine Prüfung bestanden hat, denke ich, wie sehr ich mir wünsche, dass auch ich mein Examen im Technischen Zeichen bestehe. Beide Mitbewohner wissen nicht, dass ich durchgefallen bin. Diesmal werde ich es packen und dann erfahren sie es. Wir werden danach groß feiern, das nehme ich mir vor.

Die Glocke der Kirchenturm schlägt elf Uhr nachts und ich gehe ins Bett. Mein Zimmer habe ich nach der Farbenlehre und Feng Shui eingerichtet. Timo und Fabrizio gefiel, wie ich meine Kreativität da hineingesteckt habe.

»Muss das sein?«, fragte Robert aber lustlos, als er den Rosenbettbezug sah.

»Rosen sind für die Seele. Das sagt die bekannte Floristin aus der Oststadt, bei der ich oft Blumen kaufe«, verteidigte ich mein Rosenreich.

»Ich kaufe dir einen KSC Bettbezug, Baby«, erwiderte er und damit war die Sache für ihn erledigt. Nach unserer Trennung holte ich als Erstes meinen Lieblingsbettbezug wieder hervor. Auch mein Yogafrosch geriet unter Roberts Beschuss.

»Fritz heißt er, mein Yogafrosch.«

»Du küsst jetzt deinen Prinzen«, sagte er damals, stellte den Yogafrosch auf den Boden, stieß ihn um und küsste mich.

Damit war die Sache mit meinem kleinen Entspannungshelfer erledigt.

Wieso erinnere ich mich jetzt an diese Details? Eigentlich sprachen sie für sich. Doch ich überhörte die Signale und reagierte nicht.

Jeder dieser kleinen Vorfälle sprach für sich und gab mir Hinweise, was mein Freund von mir und meiner Welt hielt. Ich war bloß blind und verstand das nicht. Robert hatte für jede Kleinigkeit, die ihm nicht gefiel und passte, einen Einwand oder eine bissige Bemerkung. Das hätte ich doch merken müssen. War ich wirklich so verliebt, dass ich nichts davon mitbekam?

Wie der Nebel sich manchmal plötzlich lichtet, fallen mir mehr und mehr solcher Vorkommnisse aus unserer gemeinsamen Zeit ein.

Obwohl ich schnell einschlafen möchte, kommen die störenden Bilder von dem Haus, in dem ich heute war.

Ich wusste von den Farben und Motiven hinter der Holztür. Nur die Möbel waren nicht da. Das Haus fühlte sich wie zäher Schleim an. Eine klebrige Substanz, ähnlich dem Teer oder Pech, die man benutzt, um Schiffe abzudichten. Unheimlich ist es, denke ich und allmählich verschwinden die Bilder hinter einem Vorhang.

KAPITEL 2

»Lasst mich los«, schreie ich und kämpfe gegen die Hände von zwei Männern, die sich zwischen meine Beine drängen.
»Renn, Filomena, renn«, kreischt eine Frauenstimme hinter mir. Die Hände halten mich eisern fest und ich ringe nach Luft. Die Kräfte schwinden mir. Mit letzter Anstrengung schlage ich ins Gesicht des einen Mannes und treffe sein Auge. Er schreit und lässt mich für einen kurzen Augenblick los. Ich springe hoch und sehe der Mann zu sich kommt, mache ich die ersten unsicheren Fluchtschritte.
»Filo, renn«, höre ich noch mal den lauten Schrei einer Frau, die auf dem Boden liegt. Ich nehme wie im Traum wahr, dass sie mit drei Männern kämpft, um sich zu befreien.
Mich packt panische Angst, renne los, als ich sehe, dass der Mann hinter mir nach einem Messer greift.
Ich ringe nach Luft und atme den Staub ein, den meine Füße aufwirbeln. Die Sonne brennt mir auf den Kopf. Mein Mund ist trocken. Die Frau hinter mir ist nun still.
Ich sammle die letzten Kräfte und laufe schneller und schneller. Hinter mir spüre ich Keuchen und schon greift eine Hand nach meinem Haar, der Mann schreit in einer unbekannten Sprache. Es hört sich wie »Ich habe dich gleich, du Schlampe« an. Er packt mich am Hinterkopf, reißt an den Strähnen und der Schmerz raubt mir das Bewusstsein.

Ein Klingelton dringt in mein Gehirn. Langsam und verwirrt öffne ich die Augen. Mein ganzer Körper klebt, das Gesicht ist verschwitzt und ich versuche herauszufinden, wo ich bin. Kein Weg, kein Mann, kein Messer.
Allmählich begreife ich, dass ich aufwache und dass alles ein scheußlicher Albtraum war. Mein Körper ist taub und steif. Die ersten Sekunden gelingt es mir nur schwer, Arme und Beine zu bewegen.

Ein Sonnenstrahl reflektiert sich flimmernd im Spiegel des Kleiderschranks. Es ist still. Keine Stimmen. Plötzlich kommt mir in den Sinn, dass ich heute Prüfung habe.

Ich springe aus dem Bett, berühre meinen Yogafrosch und sage wie jeden Morgen »Guten Morgen, Fritz.« Er sitzt so ruhig und gelassen da, dass ich immer lachen muss, wenn ich ihn sehe. Ich habe Fritz zu meinem 21. Geburtstag bekommen und bin sehr glücklich darüber. Wer diese Idee hatte, so einen Prinzen in die Welt zu setzen, der hat ein Herz und Verständnis für die Menschen. Solche jungen Geschöpfe wie ich sind vielleicht für manche Leute kindisch, aber ich spreche morgens und abends mit ihm. Meine rosa Hausschuhe machen leise Geräusche auf dem cremefarbenen Fliesenboden, der zum Bad führt. An der Tür sehe ich Timo, der eilig sein T-Shirt überstreift, mich flüchtig grüßt und in Richtung Küche steuert, wo er jeden Morgen sein Butterbrot macht und akkurat in einer Plastikbox verstaut.

Ich erledige schnell meine Morgenrituale, schminke mich und sage zum Spiegel: »Kati, du siehst gut aus. Du bestehst die Prüfung.« Trotz dieses Selbstgesprächs steigt die Nervosität in mir. Ich ziehe schnell eine blaue Jeans und weiße Bluse an, packe meine Sachen in den Rucksack, mache ein paar Schritte und kehre wieder um. Ich habe mein Schokocroissant vergessen. Hastig öffne ich den Küchenschrank, in dem meine Lebensmittelvorräte sind, schnappe eine Packung und reiße sie mit den Zähnen auf. Kaffee werde ich aus dem Laden in der Nähe der Uni an der Kreuzung zur Bismarckstraße holen. Der Syrer macht jeden Morgen einen extra starken Kaffee für mich.

Das Fahrrad wartet im Erdgeschoss. Ich fahre über den Ludwigsplatz zum Europaplatz, überquere die Kreuzung dort, fahre am Saturn-Markt vorbei und erreiche die Kreuzung an der Sofienstraße. Ich weiß, dass die Ampel dort in acht Sekunden umschaltet. Ich nutze die kleine Pause, um tief durchzuatmen, und radle weiter zu meinem Kaffee.

Der Syrer sieht mich vom Fenster und stellt den Becher unter den Auslauf der Kaffeemaschine. Während der Espresso läuft, bezahle ich. Mit dem Muntermacher tauche ich wieder in den Sommertag ein. Noch ein paar Meter, eine letzte Kreuzung und die Uni ist in Sicht. Ich radle zu den Fahrradständen vor dem Gebäude, wo die Prüfung stattfindet, stelle mein Fahrrad ab und finde mit zittrigen Händen das Schloss, um abzuschließen.

Obwohl ich gut vorbereitet bin, fühle ich mich unsicher. Die Gegenwart des Professors macht mir Angst. Eine leise Vorahnung sagt mir, dass es für mich nicht gut ausgehen wird.

Die Treppen zum zweiten Stock sind leer. An Ende des Flurs sehe ich fast die Hälfte der Studenten unserer Gruppe und grüße sie. Moni entdecke ich auch; sie lehnt an der Wand und blättert in einem Buch.

»Na, wie läuft's?«, frage ich und weiß die Antwort schon.

»Mal sehen, ich habe kein gutes Gefühl«, meint sie und wirft mir einen Blick zu. »Schöne Bluse, wo hast du die her?«

»Aus der Konditorei«, scherze ich.

Sie schaut mich fragend an.

»Es war ein Spaß, Moni, aus dem ECE Center.«

»Lass mich jetzt, ich muss mich konzentrieren«. Sie blickt gereizt in ihr Buch.

Meine Hände zittern und sind kalt. Ich suche fiebrig meine Notizen und blättere noch mal die Themen durch, von denen ich weiß, dass sie bevorzugte Prüfungsgegenstände sind. Nach zweieinhalb Stunden des Zitterns komme ich dran.

Hypernervös öffne ich die Tür, gehe hinein und grüße die Prüfungskommission. Hinter einem Tisch im Zentrum des Raumes sitzt der Professor links und rechts von ihm zwei unbekannte Dozenten. Ich gebe dem Professor meine Prüfungsmappe, in der sich die Fotos von meinen Modellen befinden, und warte auf die Aufgabe. Eine davon ist, eine Zeichnung nach Funktionalität, Form und Volumen innerhalb von zwanzig Minuten anzufertigen. Die Prüfer sichten meine Mappe und unterhalten sich so leise, dass ich nichts verstehe. Sie sind ein eingespieltes Team. Als mir ein Zeichen gegeben wird, dass die Zeit abgelaufen ist, stehe ich langsam auf, gehe zur Kommission und gebe mein Aufgabenblatt ab.

Im selben Moment sehe ich, wie das Gesicht des Professors blass wird, und mein Herz fühlt sich an, als würde es von einem eisernen Griff gepackt.

»So, Frau Anastassopoulos, schauen wir mal, was Sie da haben.« Ich setze mich hin und fange an, die Aufgabenlösung zu erläutern. Es ist still und ich höre nur meine Worte. Als ich fertig bin, kann ich meinen Augen und Ohren nicht trauen.

»Ist Ihnen klar, dass Sie in der Prüfung nicht abschreiben dürfen?«

»Ich habe die Detailzeichnung selber vor Ihren Augen zu Papier gebracht, Herr Professor«, verteidige ich mich, während in mir eine Welle von schlechten Gefühlen aufsteigt.

»Es ist unmöglich, so eine detaillierte und genaue Zeichnung in der kurzen Zeit anzufertigen. Es gibt nur zwei Möglichkeiten, entweder haben Sie abgeschrieben oder Sie haben alles auswendig gelernt. Gehen Sie jetzt.«

»Aber...«

»Gehen Sie!«, brüllt er und ich habe panische Angst, dass er mich packt und aus dem Raum wirft.

Ein kalter Schauer läuft über meinen Rücken, als mir klar wird, ich bin durchgefallen. So eine Ungerechtigkeit! Wie kann er behaupten, ich hätte abgeschrieben oder auswendig gelernt? Ich kann nicht auswendig lernen. Kann es sein, dass meine Zeichnung gut war und er mir eine solche Leistung nicht zutraute? Vielleicht traut er auch niemandem zu, eine vorbildliche Zeichnung abzuliefern.

Als ich rausgehe, knallt die Tür hinter mir zu. Es ist keiner im Flur, der mich trösten kann. Ich bin noch mal durchgefallen. Was mache ich jetzt?

Im Schneckentempo gehe ich auf die Toilette und lasse den Wasserhahn laufen. Die Wassertropfen vermischen sich mit meinen Tränen. Auch das noch. So habe ich mir das Studium nicht vorgestellt. Was hat Professor Walter gegen mich? Warum behandelt er seine Studenten so? Ist das die Bestrafung, weil ich zu jeder seiner Vorlesungen zu spät komme? Er kann froh sein, dass ich überhaupt komme. Es gibt tausend schöne Sachen, die ich in dieser Zeit machen könnte. Hat er ein Auge auf mich geworfen und fühlt sich abgewiesen? Das scheint mir unwahrscheinlich; ich denke, bin nicht sein Typ. Was auch immer der Grund war, das herauszufinden, ist für mich jetzt zu spät.

Ich musste jetzt die anderen Klausuren anpacken und mein Praktikum in diesem Haus hinter mich bringen.

»Katerina, Katerina«, ruft Moni hinter mir. »Warte mal, wie ist es gelaufen?«

»Durchgefallen.«

»Was? Ne, oder?«

»Doch.«

»Du hast doch alles gewusst, hast du es gezeigt?«, bohrt sie nach.

»Lass mal, ich habe jetzt keine Lust, darüber zu reden, ich fahre nach Hause.«

»Na gut, dann sehen wir uns die Tage. Tschüss, Katerina.«

»Ciao Moni«, sage ich und möchte niemanden mehr sehen. Nur noch die Badewanne und mein Bett.

Es kommt mir in den Sinn, dass ich irgendwo Rosenöl habe. Meine Oma benutzte Rosenöl bei vielen Gelegenheiten. Wenn ich krank war, rieb sie mir Füße und Handflächen damit ein. Danach die Stirn. Sie sagte, die Rosen wüssten, worum es gehe und nähmen meinen Schmerz weg. Wenn sie einen Kuchen backte, gab sie ein paar Tropfen Rosenwasser in den Teig. Der Geschmack werde dadurch ganz besonders, behauptete sie. Das stimmte. Ihre Kuchen waren himmlisch.

Ich dachte, ich würde meine Oma irgendwann einmal vergessen. In Momenten wie diesem vermisse ich sie schrecklich.

»Kindchen, was ist denn? Was hast du?«, würde sie fragen und mich in den Arm nehmen. Ich würde weinen, sie würde meine Tränen mit einer Hand abwischen, so sanft wie eine leichte Brise auf der Wange. Dann würde sie mir einen heißen Tee machen und ihre Schatztruhe zeigen. »Schau mal, Kindchen, hier sind meine Schätze. Jede Frau sollte so eine Truhe haben. Für die Zeiten, wenn sie nicht mehr da ist.«

»Was meinst du, Oma?«, würde ich sie fragen.

»Es gibt eine Zeit zu verstehen. Es gibt eine Zeit zu vergeben, und es gibt eine Zeit zum Trösten«, würde sie in Rätsel sprechen.

Die Oma ist längst im Himmel, meine Familie ist weit weg, ich bin von Robert verlassen worden und ich bin durchgefallen.

Noch dazu ist die Miete fällig. So viel Schlimmes auf einmal habe ich selten in meinem Leben erlebt. Es gibt kleine und große Katastrophen. Dies hier ist ein Tornado.

Ich wünsche mir, dass der Albtraum verschwindet und auch das unheimliche Haus vom Praktikum. Ich hatte das Gefühl, in einem Kühlhaus zu sein, so kalt war es dort.

Am besten vergesse ich jetzt das Haus. In zwei Tagen muss ich mit meiner Zeichnung für die Einrichtung fertig sein. Wie kann ich ein Projekt durchziehen, das mir nicht gefällt? Was wird aus mir, wenn ich die anderen Prüfungen im dritten Semester nicht bestehe? Das ist im September, bis dahin habe ich noch Zeit, beruhige ich mich, obwohl ich weiß, meine Unsicherheit wird mich in Schwierigkeiten bringen.

Wieso fühlte ich mich ausgeliefert? Liegt das an Professor Walter, den Albträumen, dem Haus oder dem Gefühl, ich bin nichts wert? Das einzig Schöne ist das Klavierspiel.

Einige Stunden später liege ich in meinem Bett und warte. Auf die Erlösung durch den Schlaf. Die Albträume kommen in dieser Nacht nicht, aber in der nächsten und übernächsten.

Ich sehe morgens wie ein heimatloser Geist aus. Meine Laune ist im Keller und ich bin kein guter Gesprächspartner für meine Mitbewohner und Kommilitonen.

Wie gewöhnlich komme ich an diesem Morgen zu spät zur Vorlesung. Wir haben Kunstgeschichte, ein Fach, das mich fasziniert. Ich radle, trinke den Kaffee unterwegs, nehme schwungvoll die Treppen nach oben, öffne die Tür des Hörsaals und gehe zu den letzten Bänken, wo gewöhnlich mein Platz ist. Ich weiß, es gibt für mich immer einen Platz, weil Moni an mich denkt. Und auch heute hat sie den Platz neben sich freigehalten. Die Vorlesung ist gut besucht, es kommen Studenten aus anderen Fächern und manchmal sogar Gäste.

Die Dozentin ist eine Künstlerin aus Athen, die uns seit zwei Semestern unterrichtet. Die Vorlesung hält sie auf Deutsch, mit leichtem Akzent. Manchmal sagt sie griechische Wörter und ich verstehe alles. Es fühlt sich so nah und so vertraut an, wenn sie redet und Bilder zeigt.

Diesmal sehe ich an die Wand projizierte Säulen. Genau solche, wie die in meinem Zeichenblock. Als mir der Gedanke kommt, weiß ich es. Ich war schon einmal an dem Ort, wo sich die Säulen befinden, deswegen ist mir alles vertraut und sehr nah.

Ich richte meine ganze Aufmerksamkeit nach vorn und betrachte Stück für Stück die Säulen. Wie perfekt sie sind! Mein Blick folgt von oben nach unten der Form, den Figuren, die die Säulen verzieren. Ich betrachte das Material und den Platz jeder Säule im architektonischen Ensemble. Wie vollkommen alles ist, und gleichzeitig wirkt es auf mich verstörend.

»Es sind die Säulen vom Apollontempel in Delphi, Griechenland«, sage ich laut, und in meinem Innern weiß ich, dass ich da schon war.

Das Gefühl, niemals diesen Ort verlassen zu haben, beruhigt mich und ich strecke meine Hand hoch, um eine Frage der Dozentin zu beantworten, fasse mich kurz und erzähle, was ich weiß. Als ich fertig bin, liegt Stille im Raum.

»Sie waren schon da?«, fragt die Dozentin.

Ich kann ihr nicht sagen, woher ich das Gefühl habe, dort gewesen zu sein. Ich kann nicht mal mir erklären, woher ich es weiß. Was würde sie über mich denken, wenn sie wüsste, dass ich so eine plötzliche Ahnung hatte. So was kann ich ihr nicht sagen.

»Als ich klein war«, sage ich stattdessen und mir wird bei dieser Lüge mulmig. Ich möchte nicht noch einmal ausgelacht werden. Das wird mir nicht passieren, habe ich mir nach dem Vorfall in der Vorlesung von Professor Walter geschworen.

Die Ruinen und Säulen ziehen mich magisch an. Das ist ein unbeschreibliches Gefühl. Ich kann nicht sagen, wie lange ich die Bilder anstarre und ob alles real oder eine Fiktion ist.

Als ich das nächste Foto sehe, erschrecke ich.

Woher kenne ich dieses Bild? Kann das sein, dass es aus meinem Albtraum kommt?

»Katerina, du musst zum Arzt gehen, das solltest du seit ein paar Tagen schon. Ruf an und vereinbare einen Termin beim Arzt«, sagt in mir eine Stimme.

Die paar Sekunden, in denen das Bild an der Wand war, kommen mir wie Jahre vor, sogar ein ganzes Leben. Ich kann mir nicht erklären, ob ein Zusammenhang zwischen meinem Albtraum und diesem Bild besteht. Deswegen werde ich mich untersuchen lassen. Wie schön wäre es, wenn ich die Albträume nicht mehr hätte und mein Leben in Ordnung wäre. Ich wäre eine ganz normale, langweilige Studentin, die ihr Studium bewältigt, einen Freund hat und eine Wohnung, sorglos, ohne Probleme mit der Miete. Ist das alles möglich?

Wie schaffen es manche Menschen, ihr Leben zu meistern, und ich nicht? Was musste sich ändern, damit ich glücklich sein kann? Oder war das auch eine Illusion, ein Wort, von Menschen erfunden, um einen Zustand zu beschreiben, den sie nur kurz erleben, gleich wieder auf der Suche nach dem nächsten Glücksmoment. Ich rufe morgen den Arzt an und vereinbare einen Termin.

Die Albträume wollen nicht weichen. Die Flucht, das Gefühl verfolgt und in Gefahr zu sein, macht mir Angst. Ich fürchte um mein Leben. Warum kommen diese Albträume immer wieder?

»Katerina, du musst dich untersuchen lassen«, sage ich mir und fasse nicht zum ersten Mal den Entschluss, zum Arzt zu gehen. Was wird passieren, wenn ich nicht zum Arzt gehe? Was kann er mir sagen, wenn ich gehe? Wie wird er reagieren, wenn ich ihm von diesen schrecklichen Albträumen erzähle? Wird er denken, ich sei psychisch labil oder auf dem Weg, depressiv zu werden? Vielleicht gar verrückt?

Nun sitze ich im Wartezimmer, in der Nähe der Küche der Praxis und meine Gedanken kreisen.

Eine Arzthelferin macht in der Küche Tee oder Kaffee für den Arzt oder sich. Ich höre, wie sie den Wasserkocher anschaltet und die Tassen vorbereitet. Als Kind fand ich das Spiel, an Geräuschen zu erraten, was Menschen machen, sehr lustig. In diesem Moment hat der Wasserkocher automatisch abgeschaltet. Das Wasser ist heiß. Ich spüre, wie die junge Frau Kräuter in eine Tasse gibt und das heiße Wasser aufgießt. Danach kommt sie heraus.

In dem Moment, in dem ich sie sehe, weiß ich, dass die Tasse kaputt gehen wird.

Die junge Frau stolpert, die Tasse fliegt durch die Luft, das heiße Wasser ergießt sich auf dem Boden. Wie in einem Film sehe ich mich aufspringen, die Tasse auffangen und mich vor dem heißen Wasser in Sicherheit bringen.

»Danke. Vielen Dank!«, ruft die erschrockene Arzthelferin aus. Ich mache ein paar Schritte auf sie zu, ebenfalls von meiner Reaktion erschrocken.

»Hier, die Tasse, sie ist gerettet«, sage ich, noch ganz verwirrt, und gebe sie ihr. Danach gehe ich zurück zu meinem Platz. Die Szene beobachten noch zwei Menschen, eine alte Dame und ein Mann.

»Woher wussten Sie, dass die Tasse herunterfallen wird?«, fragt mich die alte Dame mit erstauntem Blick.

»Ich kann es Ihnen nicht sagen, ich weiß es selber nicht«, antworte ich leise und es entspricht der Wahrheit.

Ich selber bin überrascht, was gerade passiert ist und habe keine Erklärung dafür. Keine Ahnung, ob es eine Erklärung gibt. Falls doch, ist es entweder sehr kompliziert oder sehr einfach. Für mich fühlte es sich einfach an. Ich wusste im Voraus, was passieren wird.

In diesem Fall würde meine Oma den Kopf schütteln und sagen: »Kindchen, Kindchen, der Weg zum Herzen ist ein Geheimnis. Wir gehen durch die Welt, um unser Herz kennenzulernen.«

Als Kind verstand ich nicht ganz, was das bedeuten sollte. Ich habe auch nicht danach gefragt. An diese Worte erinnere ich mich jetzt. Was würde passieren, wenn wir oft in unserem Leben solche Situationen erlebten, ohne eine Erklärung dafür zu haben?

Ich wünsche mir, an einem Ort zu sein, wo es Ruhe, Liebe und das Meer gibt, wo mir der Wind die langen Haare und das Gesicht streichelt und meine Füße die Wärme des Wassers spüren. Leicht wie eine Feder würde ich mich dann fühlen. Die Sandkörner klebten an meinen Füßen, die nach jedem Schritt Spuren hinterließen. Das sind nur Träumereien. Die Realität ist etwas anderes. Ich besuche weiter meine Vorlesungen, jeden Tag.

An diesem Sommernachmittag lasse ich mein Fahrrad in der Uni und will zum Europaplatz gehen, um in der Postgalerie etwas zu Essen zu kaufen.

Ich laufe auf der linken Seite der Karlstraße und betrachte die Schaufenster der Läden. Die Buchhandlung, die Werbeagentur,

Vapiano, ein neues Restaurant, wo ich leckere Pasta gegessen habe. Danach kommt eine Sprachschule für Business Englisch. Wenn ich dort vorbeigehe, werfe ich jedes Mal einen Blick auf die Kursteilnehmer, die am Tisch einer Dozentin gegenüber sitzen. Ich mag es, von draußen in ein Aquarium zu schauen, wie hier. Die lernenden Menschen sind nur für ein paar Sekunden zu sehen. Ich stelle mir vor, wer sie sind, was sie vorhaben und welchen Teil der Erde sie besuchen möchten. Heute bemerke ich einen jungen Mann, ein Brillenträger, kurze Haare, blaues Hemd mit kurzen Ärmeln.

Plötzlich bin ich abgelenkt, denn ein paar Meter vor mir steht ein alter Mann. Meine ganze Aufmerksamkeit richtet sich dorthin. Wie in einem Film sehe ich eine kurze Szene vor meinem inneren Auge. Der Mann läuft über die Straße, die Ampel ist rot, ein silbernes Auto fährt heran, stößt ihn um, er liegt tot auf dem Asphalt.

In Sekundenbruchteilen begreife ich, dass ich reagieren muss. Das Herz klopft in mir wie verrückt. Meine ganze Willenskraft fließt in die Muskeln und bewegt meinen Körper mit einer Kraft, die ich nicht kontrollieren kann. Denken funktioniert nicht. Nur das Wissen, dass ich mit einem Sprung den Mann erreichen, seine rechte Hand packen und ihn weg von der Straße ziehen muss.

Es ist wie ein programmiertes Bild; mir wird ein Weg gezeigt, wie ich in dieser Situation handeln muss. Ich spüre die heiße Ausstrahlung des Autos, das vor dem silbernen Wagen fährt. Ich ringe nach Luft, mein Körper macht unbewusst zwei Schritte nach vorn und ist bereit, zuzupacken. Der alte Mann ist einen Schritt entfernt. Mit meiner letzten Kraft springe ich auf ihn zu, halte ihn am rechten Arm fest und ziehe, bis wir beide auf dem Bürgersteig landen. Mein Bein liegt über dem Oberkörper des Mannes.

Für einen Augenblick sehe ich das Bild von oben. Der Mann hält seinen Kopf mit der linken Hand. Blut fließt in die kurzen weißen Haare. Ich spüre meine Hand nicht mehr. Während meine Augen die Situation noch mal erfassen, versuche ich, Beine und Hände zu bewegen. Mein Körper ist schwer geworden wie ein Steinblock, der in einem Flussbett liegt. Sehr langsam gelingt es mir, mich zu bewegen. In diesem Moment hebt mich jemand auf und hilft mir auf die Beine. Neben mir steht ein Mann Mitte fünfzig, sportlich gekleidet, mit Turnschuhen, Sportrucksack und Helm.

»Geht es Ihnen gut? Sind Sie verletzt?«, prasseln seine Fragen auf mich ein.

Ich bringe keinen Ton heraus, bin wie gelähmt. Er schaut mich verständnisvoll an und lässt einen prüfenden Blick über meinen Körper wandern, ob Verletzungen erkennbar sind. Der alte Mann liegt immer noch auf dem Boden.

Der Sportler fordert mich auf: »Helfen Sie mir!« Er greift nach dem rechten Arm des Mannes und zieht ihn hoch. Ich versuche, die linke Seite nach oben zu bewegen. Gemeinsam schaffen wir es, den alten Mann auf die Beine zu stellen. Seine Haare haben sich vom Blut gefärbt. Seine Tasche liegt noch auf der Straße und wird in dem Moment von einem Auto erfasst.

»Meine Tasche, meine Tasche!«, schreit er und zieht uns mit sich auf die Straße.

»Warten Sie! Sie sind verletzt. Diese Frau hat Ihr Leben gerettet. Verstehen Sie mich?« Der Sportler redet schnell.

Der alte Mann nimmt mich zum ersten Mal wahr. Mein ganzer Körper zittert. Erst jetzt erkenne ich die Gefahr und sehe ihr ins Gesicht. Mir wird übel und ich bin kurz davor, mich zu übergeben.

»Hier, trinken Sie!« Eine Frau reicht mir eine Flasche Mineralwasser. Sie hat erkannt, dass ich das jetzt dringend brauche. Inzwischen hat sich um uns ein Kreis von Menschen gebildet, die die Rettung miterlebt haben.

Der Sportler richtet seine Aufmerksamkeit wieder auf mich. »Sie haben dem Mann das Leben gerettet. Sie sind eine Heldin. Meine Hochachtung haben Sie!«

»So jung und so tapfer«, sagt die Frau mit der Wasserflasche. Ich trinke ein paar Schlucke und gebe ihr die Flasche zurück. Mir kommt das Geschehen unbegreiflich vor. Wieso ahnte ich, was passieren würde? Was hat mich dazu bewogen, in diesem Moment zu handeln? Woher wusste ich, dass ich den Mann retten sollte?

Ein Anwesender hat den Krankenwagen gerufen und die Sirene des ankommenden Wagens zieht alle Aufmerksamkeit auf sich. Ich stehe immer noch mit zitternden Beinen und Händen da. Das Wasser tut mir gut und ich spüre, dass ich zu mir komme.

»Ich muss zum Städtischen Klinikum. Lassen Sie mich los«, sagt der alte Mann laut. »Meine Frau ist dort, ich muss zu ihr, sie hat eine Operation.«

»Hören Sie mal, diese Frau hier hat Ihr Leben gerettet. Seien Sie dankbar dafür, anstatt zu jammern. Ihre Frau im Krankenhaus rennt nicht weg. Sie müssen auf sich aufpassen.«

Der Sportler redet wie ein Vater mit seinem Sohn, wenn der nicht hört und den eigenen Kopf durchsetzen will.

Die Jungen lehren die Alten. Müsste es nicht umgekehrt sein? Ich verstehe den Mann schon. Seine Welt dreht sich nur um seine Frau, weil er Angst hat, allein zu bleiben. In diesem Alter alleine zu sein, ist keine Katastrophe, aber es tut sehr weh. Das Leben ist fast vorbei und in den verbleibenden Jahren muss man alleine für sich sorgen.

»Sie haben heute Gutes getan«, wendet sich der Sportler erneut an mich und entschuldigt sich, dass er jetzt gehen müsse, um seinen Sohn vom Kindergarten in der Nähe abzuholen.

Der Krankenwagen hält am Bürgersteig und eine junge Ärztin springt heraus. Was eben passiert ist, könnte wie ein klarer Fall erscheinen.

Wenn mich der Sportler als Heldin sieht, wieso fühle ich mich unwohl? Ich sollte stolz sein und mich freuen, dass ich ein Leben gerettet habe, ein menschliches Leben. Es ist das Wertvollste auf der Erde, das wir haben. In meinem Mund spüre ich etwas Bitteres. Diesen Geschmack kenne ich. Er kommt immer, wenn ich unzufrieden bin.

Ich müsste doch dankbar sein, dass der Zufall mir eine Möglichkeit gab, etwas Heldenhaftes zu tun.

Was muss passieren, damit ich mich richtig freue über meinen gelungenen Einsatz für einen anderen Menschen? So ein Geschenk des Himmels bekommt nicht jeder, das weiß ich. Doch wie ist erklärbar, dass ich im Voraus über so vieles Bescheid weiß? Einfach so. Das macht mich nervös. Woher kannte ich das Haus von meinem Praktikum, obwohl ich es in Wirklichkeit nie zuvor gesehen hatte? Ich wusste, wo sich die Zimmer befinden, was dort vorzufinden ist.

Woher wusste ich, dass die Tasse in der Arztpraxis herunterfallen wird? Das können Zufälle sein. War das auch ein Zufall, dass ich den Mann sah und ihm das Leben rettete?

Ich glaube nicht an solche Zufälle. Woher kann jemand wissen, wo ich hingehe, welche Straße ich nehme, wen ich treffen werde? Es ist unmöglich, dass jemand darüber Bescheid weiß. Es passierte und ich musste reagieren. Jeder an meiner Stelle hätte das getan.

Ich erinnere mich an einen Professor, der Kulturgeschichte lehrte. Er sagte, sollte uns ein Unfall passieren, egal wo auf der Welt, könnten wir uns glücklich schätzen und dankbar sein, falls ein Deutscher in unserer Nähe wäre. Er würde sich um uns kümmern und alles für unsere Rettung tun. Gilt das auch für mich, obwohl ich in Griechenland geboren bin?

Ich wollte in der Postgalerie am Europaplatz einkaufen.

Nun verabschiede ich mich kurz und lasse die Menschen vom Rettungsdienst ihre Aufgaben erledigen. Alles, was ich jetzt brauche, ist ein Bier.

Als ich in dem Geschäft bin, klingelt mein Handy. Bevor ich aufs Display schaue, weiß ich schon, dass es Moni ist.

Es ist Moni. Ein kalter Schauer läuft mir über den Rücken und ich bekomme Gänsehaut. Ich stelle die Packung mit Spaghetti ins Regal zurück. Gleichzeitig kommt es mir einfach und natürlich vor, im Voraus gewusst zu haben, wer anruft. Konnte ich die elektrischen Schwingungen vorher empfangen? Nur sehr sensible Menschen können es. Auch Tiere sind in der Lage, solche Schwingungen wahrzunehmen.

Was passiert mit mir? Es geht mir zu schnell. Ich brauche eine Pause. Egal was passiert, ich muss erst mal durchatmen.

Ich kaufe Spaghetti, Käse und Bier ein und gehe zu Fuß zum Ludwigsplatz, nehme einen Umweg, weil ich Zeit für mich brauche.

Die Erbprinzenstraße ist eine meiner Lieblingsstraßen in Karlsruhe, voll mit Geschäften, Menschen und Radfahrern. Hier fühle ich mich wohl. Ich gehe über den Ludwigsplatz und komme zu dem Gebäude, in dem ich wohne. Auf der oberen Fassade ist ein Krokodil zu sehen. Diese Wandskulptur fasziniert mich jedes Mal, wenn ich sie sehe. Ich stehe da und betrachte das Reptil wie hypnotisiert. Danach gehe ich hinein, steige langsam die Treppen hoch, mit beladenem Rucksack und außer Atem.

Als ich die Wohnungstür öffne, duftet es nach Tomatensoße. Fabrizio hat schon wieder gekocht, der Kerl, um mich zu besänftigen, falls ich erneut auf das Problem mit seinem Mietanteil zu sprechen komme.

KAPITEL 3

In den nächsten Tagen wiederholt sich der Albtraum.
Ich stehe an den Felsen und unten höre ich die Wellen, wie sie mit dem Ufer kämpfen. Ich bin wie gelähmt. Spüre nichts. Meine einzige Hoffnung und Rettung sind die Wellen. Hinter mir tobt der Wind. Er weht eine Staubwolke aus Sand und eine männliche Stimme zu mir. »Du entkommst mir nicht, du Miststück! Ich habe dich gleich.« Die Frauenstimme, die ich in einem anderen Albtraum hörte, ist nicht da. Was ist mit der Frau passiert? Ich weiß es nicht. Angst beherrscht mein Herz. Ich höre es so schnell und stark pochen, dass mir schlecht wird.
Was soll ich tun? Nur ein paar Sekunden bleiben mir, bis mich der Mann erreicht. Mich erwartet Erniedrigung und Vergewaltigung, wie es meine Mutter erlebte.
Das lasse ich nicht zu. Es gibt kein Zurück mehr. Mein Leben ist zu Ende. Nur ein Schritt in die Luft und ich werde Poseidon treffen. Noch ein Schritt und ich begegne den Göttern, denen ich ein ganzes Leben gedient habe. Die Erlösung ist einen Schritt entfernt. Ich muss ihn nur wagen. Schon spüre ich den Atem des Mannes im Nacken. Hinter ihm höre ich die Geräusche von laufenden Menschen. Ich drehe mich nicht um.
Es ist so weit. Und während ich mich springen sehe, wache ich auf. Völlig verschwitzt und zitternd. Wie nach jedem Albtraum.
Mich zu orientieren, wo ich bin, kostet viel Kraft. Ich habe das Gefühl, noch in dieser traumatischen Situation zu sein.
Es war so real, dass ich langsam Panik bekomme. Ich liege noch ein paar Minuten im Bett und versuche, den Klingelton des Weckers zu ignorieren.
Ich will nicht aufstehen. Noch nicht. Ich fühle mich so schwach, meine ganze Energie ist wie weggeblasen, vom Sandsturm ausgelöscht.
Das Telefon im Wohnzimmer klingelt. Wieso geht keiner ran?, frage ich mich und begreife, dass ich alleine in der Wohnung bin.

Ich stehe mühsam auf und bis ich zum Telefon komme, hört es zu klingeln auf.

Der Anrufbeantworter springt an. »Guten Tag, Frau Anastassopoulos, hier spricht Steiner, die Sekretärin der Hochschule. Bitte melden Sie sich umgehend im Sekretariat. Ich wünsche Ihnen einen schönen Tag. Tschüss!«

Ein Schauer läuft über meinen Rücken. Das Herz fühlt sich an wie ein Stein. Langsam setze ich mich auf den Boden und lehne mich mit dem Rücken an die Wand.

Heute ist ein Katastrophentag, denke ich. Mein Kopf ist leer. Langsam hebe ich die Hände und berühre meine Stirn.

Von draußen kommt der süße Duft der letzten Lindenblüten. Ein Vogel singt sein Morgenlied. In der Frühe sind die Vogellieder am schönsten. Zur Begrüßung des Tages, egal wie er sein wird. Die Vögel wissen ja nichts von unseren Problemen. Sie freuen sich einfach auf den neuen Tag.

Ist das wahr? Bin ich durchgefallen?

Die Frage dreht sich wie in einer Endlosschleife im Kopf.

Ich wusste, dass ich durchfallen werde. Dieser arrogante Mistkerl! Eine gewaltige Welle von Wut und Auflehnung gegen diese Ungerechtigkeit überkommt mich. Was soll ich jetzt tun? Was wird aus meinem Studium? Zum zweiten Mal durchfallen ist schon eine Leistung. Ich möchte es niemandem sagen. Die anderen werden mich als Versagerin einstufen und das kann ich nicht verkraften.

Ich komme langsam hoch und gehe ins Bad. Mein erstes Tagesziel ist das Sekretariat.

Ich schnappe mir eine Flasche Wasser, schiebe sie in meinen Rucksack, ziehe mich schnell an und renne die Treppen runter. Es scheint wieder ein heißer Sommertag zu werden. Gleich unten auf der Straße blendet die Sonne meine kastanienfarbenen Augen.

Während ich meine Sonnenbrille aufsetze, eile ich zu Fuß zur Karlstraße, die zu meiner Uni führt. Ohne Fahrrad brauche ich nicht auf die Passanten aufzupassen.

Mir gegenüber läuft eine alte Frau. Sie muss zum Arzt. Sie hält eine schmutzige gelbe Tasche in der rechten Hand. Ihr Oberkörper ist so schmal, dass ich auf einmal Angst habe, sie könnte stürzen. Sie geht vorbei und in Bruchteilen einer Sekunde weiß ich, dass sie in diesem Leben noch jemandem zu vergeben hat. Fünf Meter von mir entfernt nehme ich eine junge Mutter mit einem Kinderwagen wahr. Ihre kleine Tochter kann ich nicht sehen, aber ich weiß, dass sie ein aufgewecktes Kind ist, das im

Leben als Modedesignerin sehr viel erreichen wird. Im Gegensatz zur Mutter, die einen schwierigen Charakter hat. Sie ist mit einem Manager verheiratet. Wieso vertraut die Frau ihrem Mann nicht, es ist doch ganz einfach? Einfach miteinander reden.

Halt, Katerina, sage ich zu mir, während der hübsche Sonnenhut der jungen Mutter mit dem Kinderwagen vorbei steuert und um die Ecke verschwindet. Woher weiß ich solche Details über völlig unbekannte Menschen? Ist das nur Einbildung oder ist es real? Wie kann ich es unterscheiden?

Du bist völlig fertig wegen deiner Prüfung, Katerina, beruhige dich jetzt, sage ich mir.

Zwanzig Minuten später stehe ich mit flatternden Händen im Sekretariat.

»Möchten Sie einen Antrag ausfüllen, Frau Anastassopoulos, oder nur die Bescheinigung für Ihre Prüfung?«, höre ich die Sekretärin fragen.

Klar, möchte ich einen Antrag ausfüllen. Das ist meine letzte Chance. Im Intranet erfahre ich, wann meine Prüfung stattfinden soll und welche Aufgaben ich dafür vorbereiten muss. Schon wieder ein Modell mit Skizze und Anfertigung; mehrere schlaflose Nächte und viel Nervenverschleiß warten auf mich. Mir wird schwindelig bei der Vorstellung, es nicht zu schaffen.

»Du musst eine Sache zu Ende bringen, Kindchen«, höre ich in meinem Inneren die Stimme meiner Oma. »Damit kommst du vorwärts.«

Wie unbegreiflich das Ganze ist. Ich treffe Menschen und weiß, wer sie sind oder was mit ihnen geschehen wird. Bevor das Telefon klingelt, weiß ich wer dran ist und was er von mir will. Ich rette eine Tasse in der Arztpraxis und einen Menschen auf der Straße, weil ich vorhersehe, was passieren wird.

Mit mir geschehen Dinge, die ich niemandem anvertrauen kann. Die anderen würden denken, ich sei verrückt. Ist es der Stress wegen der Prüfung und der wiederkehrenden Albträume?

Den Rest des Tages widme ich zwei Vorlesungen, die mich interessieren, und am Abend gehe ich ins Gold.

Die Kneipe liegt in der Karlsruher Oststadt und ich finde sie sehr gemütlich. Die in Goldtönen gehaltene Innenausstattung wirkt modern und sorgt dafür, dass sich die Gäste hier wohlfühlen. Ich setze mich auf einen hohen Hocker an der Bar und bestelle mir ein Bier.

Ich war schon oft da. Seit zwei Wochen steht ein Klavier in der Kneipe. Während ich da sitze, höre ich Musik. Irgendjemand wird am Abend spielen, denke ich. Plötzlich kommt mir eine Idee.

»Sag mal«, frage ich die junge Frau, die an den Tischen bedient, »kommt heute Abend jemand, der Klavier spielen wird?«

»Nicht, dass ich wüsste«, antwortet sie verwundert und steuert auf die Küche zu.

»Danke dir«, sage ich leise und in diesem Augenblick stehe ich auf und gehe zum Klavier. Es wirkt auf mich wie ein Magnet, wie ein Gegenstand, den ich von ganzem Herzen haben will. Es ist ähnlich wie der Wunsch eines kleinen Kindes, ein schönes Spielzeug zu besitzen. Mit einem Unterschied. Ich konnte diesen Gegenstand nicht besitzen. Ich durfte diesen Gegenstand fürs Spielen benutzen, fürs Tastenspiel, aber nicht besitzen. Das wollte ich im Grunde auch nicht. Es reicht, dass ich Musik genießen kann.

Was für eine Melodie aus meinen Fingern kommen wird, weiß ich vorher nicht. Es ergibt sich ganz natürlich. Während ich Arabesque N 1 spiele, nehme ich aus dem Augenwinkel wahr, dass ein Mann auf mich zukommt.

Ich höre auf zu spielen, warte kurz und schaue zu ihm mit dem bangen Gedanken, dass ich mir erlaubt habe, einfach so zu spielen, ohne zu fragen.

»Spielen Sie für uns weiter, mir gefällt das, was Sie spielen«, sagt er lachend und setzt sich in die Nähe des Klaviers. Ich wähle ein anderes Stück von Claude Debussy, Rêverie. Danach All Of Me von Gerald Marks und Seymour Simons. Dem lasse ich mein Lieblingsstück folgen; es ist The More I See You von Harry Warren und Mack Gordon aus dem Album New York Jazz Lounge - Bar Jazz Classics.

Die paar Sekunden nach dem Spiel fühlen sich wie eine kleine Ewigkeit an. Danach höre ich Klatschen von allen Seiten.

»Bravo! Bravo! Zugabe! Zugabe!«, höre ich zur Beruhigung meines schlechten Gewissens, dass ich ungefragt hier gespielt habe.

»Können Sie sich vorstellen, abends bei uns zu spielen?«, fragt der Chef der Bar.

»Ich bin begeistert und unsere Gäste auch. Es wäre eine Bereicherung für das Gold, wenn Sie uns mit Ihrer Musik unterhalten würden. Sie haben Talent, liebe Frau...?«

»Mein Name ist Katerina, Katerina Anastassopoulos.«

»Also, Katerina, wir können mit zwei Tagen abends in der Woche anfangen. Sie entscheiden, wann Sie kommen möchten. Was die Bezahlung betrifft, werden wir uns sicher einigen. Es wäre schön, wenn Sie hier um halb neun anfangen, für circa drei Stunden, mit einer kleinen Pause. Abgemacht?« Der Chef reicht mir die Hand und ich schlage ein.

»Abgemacht!« Ich kann noch nicht glauben, was für ein Glück und welche Chance das ist.

Hier im Gold zu spielen, wo sich viele junge Menschen treffen und wo sie sich wohlfühlen, ist ein Himmelsgeschenk.

Moni wird wie ich vor Freude ausrasten, wenn sie das erfährt. Es ist ein Geschenk der Götter, unerwartet und süß wie eine Feige, die im Süden wächst und Sonnenküsse in sich trägt.

Der heutige Abend rettet mich. Er nimmt mir die Angst davor, dass alles in meinem Leben schiefgehen könnte. Nach den Sorgen, Problemen und Ängsten, nach allem, was ich bis jetzt erlebt habe, findet mit dem heutigen Abend ein Ausgleich statt.

»Möchtest du ein Bier?«, fragt mich die Frau, die bedient. Ich stimmte zu und setzte mich draußen an einen Tisch, mit der Hoffnung, Moni bald zu treffen. Ich konnte kaum erwarten, ihr alles zu erzählen.

An diesem Abend leuchten die Sterne am Himmel heller als gewöhnlich. Solche kleinen Unterschiede bemerkte ich bisher nicht. Auf einmal kann ich die Geräusche der Oststadt wahrnehmen. Ich habe das Gefühl, dass der Abend etwas in meinem Inneren berührt hat. Die portugiesische Musik, das Klingen der Gläser auf den Tabletts der Servicekräfte, die Geräusche der vorbeifahrenden Bahnen auf der Durlacher Allee, die Autos auf der Straße - alles fließt an diesem warmen Sommerabend in meinem Herzen zusammen.

Ich liebe solche Abende.

An solchen Abenden bin ich bereit, ein bisschen zu träumen. Wie wäre es, wenn ich nicht meinen Yogafrosch küsste, sondern einen Prinzen aus Fleisch und Blut. Einen, der nur für mich da ist. Der mich akzeptiert, wie ich bin, der Musik und Architektur liebt und meine Lebensfreude teilen kann.

Ach, was denke ich da bloß? Solche Begegnungen gibt es nur in Filmen und Büchern. Sie sind von Menschen ausgedacht, um unsere romantische Ader zu beglücken, uns mit Sehnsucht zu erfüllen und uns die Wirklichkeit vergessen zu lassen.

Wie beim Eisessen. Warum lieben es die Menschen, Eis zu essen? Um sich zu erfrischen und sich etwas Süßes zu gönnen? Falsch.

Die Menschen lieben Eis, weil in ihrem Leben etwas Entscheidendes fehlt. Wenn sie Eis essen, denken die meisten an Dolce Vita. Dabei gibt es überall auch Eis, das nicht nach italienischer Art hergestellt wird. Trotzdem boomen die italienischen Eisdielen.

Vor zwei Jahren habe ich ein Buch über zwei Familien aus den Dolomiten gelesen, die Eis produzieren. Ich war erstaunt, wie viele Eissorten und Eiskreationen es gibt. Es dauert nur einen Wimpernschlag, und der köstliche Geschmack kommt auf der Zunge an. Wassermelone mit weißer Schokolade, Mangoeis mit Rosenblättern oder Vanilleeis mit Chili.

Praktisch alles, was essbar ist, könnte eine Zutat zu einer Eiskreation sein.

In dem Buch über die Eismacher aus den Dolomiten fand ich auch ein wichtiges Detail, was die Qualität eines Espressos betrifft. Die italienischen Eiscafés bieten meist hervorragenden Espresso. Dessen Qualität misst sich unter anderem an der Haltbarkeit der Crema, des verführerischen, goldbraunen Schaums obenauf. Die Crema muss den Zucker drei Sekunden halten.

Als ich meinem Mitbewohner Fabrizio einmal dieses kleine Geheimnis anvertraute, war er überrascht. Er glaubte nicht so recht daran und ging sofort zum italienischen Eiscafé in der Kaiserallee, um zu testen, wie es sich dort verhielt. Und tatsächlich, es war genau so, die Crema ließ den Zucker erst nach exakt drei Sekunden nach unten rieseln. Ziemlich geknickt kam Fabrizio nach Hause. Es war schon etwas peinlich, als Italiener so etwas nicht gewusst zu haben.

Glücklich über das Angebot, im Gold spielen zu dürfen, schlendere ich heim. Doch je näher ich meinem Bett komme, desto drängender tauchen meine Probleme wieder auf.

Ich weiß nicht, ob meine Nächte weiter von den Albträumen beherrscht werden. Ich möchte nichts dagegen unternehmen und hoffe, sie werden genauso schnell verschwinden, wie sie gekommen sind.

Auch das Haus von dem Praktikum drängte sich auf unheimliche Weise in mein Leben.

Wie soll ein Entwurf für die Einrichtung aussehen?

Wie mache ich ein Modell, wenn mein Herz von Angst geflutet ist? Trotz allem muss ich mich zusammenreißen und bis Ende der Woche dem Architekten einen Entwurf vorlegen. Das gehört zu den Aufgaben im Praktikum.

Die Erfahrung, dass Orte furchtbar beklemmend wirken können, mache ich auch beim zweiten Besuch im Haus in

Hohenwettersbach. Ich soll für die Handwerker eine Leiter aus dem Keller holen.

Langsam schleiche ich die Treppe hinunter. Meine Hand tastet in der Dunkelheit nach dem Lichtschalter. Auf der rechten Wandseite ist er nicht. Ich taste weiter jeden Zentimeter ab. Die Wandoberfläche ist glatt; ich spüre, dass hier unten Tapeten sind. Während meine Hand weiter nach dem Schalter sucht, steige ich eine Treppenstufe nach unten. Es kann sein, dass die Lampe in der Mitte des Raums einen Handschalter hat. Solche Handschalter hatten früher viele Lampen. Tatsächlich finde ich ihn, betätige diesen und halte den Atem an. Die nächsten Sekunden vergesse ich nicht so bald. Vor mir steht eine Liege mit dunkelgrauem, staubigem Bettbezug. Auf dem schwarz-weiß gepunkteten Kissen liegen eine kleine Puppe und ein Skalpell. Noch ein paar Sekunden vergehen, bis mein Blick den Raum nach einer Leiter abgesucht hat. Mein Atem liegt, mir läuft ein Schauer über den Rücken. Ich schnappe die Leiter und steige hastig die Treppe wieder hoch. Da steht in der Ecke eine alte Truhe oder ein Sarg. Weg von hier, Katerina, sage ich mir.

Nach zwei Schritten erreiche ich den Ausgang, stelle die Leiter neben mir ab und öffne die Tür. Ich drehe mich nicht um. Die Leiter lasse ich im Flur stehen und verlasse das Haus.

Hier ist die Luft mit Sommerdüften erfüllt. Vom Nachbarhaus weht der Geruch von Rosen und Lavendel herüber. Das Grün von Bäumen und die Abgase vorbeifahrender Autos rieche ich ebenfalls. In der Krone eines Kastanienbaums im Nachbargarten sitzen ein paar Spatzen. Ihr Gezwitscher bringt mich zurück in die Realität. Ich stehe neben dem Zaun im Garten des Hauses und habe noch vier Stunden, bis mein Tag hier zu Ende ist.

Nach ein paar Minuten kehre ich in das Haus zurück und suche den Handwerker, den ich unterstützen muss.

Noch ein paar Stunden und ich gehe ins Gold, um Klavier zu spielen. Das Einzige, was mich im Moment froh macht.

Jedes Mal nach meinen Auftritten im Gold werde ich von den Gästen angesprochen. Sie wollen wissen, woher ich so gut Klavier spielen könne. Ich erzähl dann, dass ich schon als dreijähriges Kind Klavier spielen konnte, noch bevor meine Füße die Pedale erreichten. Die Gäste freuen sich darüber und wollen verschiedene Stücken hören. Dafür werde ich reichlich belohnt.

Die Neuigkeit von meinem Auftreten verbreitete sich schnell und Menschen aus der ganzen Stadt und Durlach kommen ins Gold, um mich zu hören und zu sehen. Jeden Donnerstag- und

Samstagabend ist es voll. Manche reservieren die Tische und Plätze vorher. Der Chef ist sehr zufrieden und stolz darauf, dass er mit mir eine kleine Sensation für seine Bar gewonnen hat.

Heute sitze ich an einem Tisch und warte darauf, dass mein Auftritt am Barpiano anfängt.
    Ich sehe mich als Barpianistin. Ein Barpianist erzählt Geschichten. Ein Barpianist versteht es, auf elegante und diskrete Weise Emotionen zu vermitteln. Ob er ein Experte für Seifenblasen und Illusionen ist, hängt davon ab, welche Stimmung am Abend herrscht. Ich interpretiere mit den Tönen emotionale Schwingungen und daraus entsteht ein Kopfkino. Die Poesie der Bilder spüren die Zuhörer ohne Worte. Oft spiele ich Stücke von Frédéric Chopin, dessen Musik ziemlich nahe an das herankommt, was man später bei den Barpianisten wiederfinden kann: Nocturnes, Préludes, Balladen, Ecossaisen, Klavier-Walzer, Lieder ohne Worte. Diese neuen Formen der Romantik haben mich fasziniert.
    Jeder Abend ist demnach anders. Einmal spiele ich Jazzstandards und Evergreens, dann wieder Schlager oder Filmmusik mit meinen Improvisationen. Meine Highlights sind die Abende, an denen sich die Gäste klassische Musik wünschen, wie Chopin, Debussy und Mozart.
    Ich trete in das Land der Musik ein.
    Die Finger streichen langsam über das Klavier, als müssten sie das Laub vergangener Tagen von den Tasten wischen, damit sie ihre weiße und schwarze Stimme klar erheben können. Leicht wandern meine Hände über die Tasten und bleiben hier und da eine Weile liegen, um kurz darauf das Spiel wiederaufzunehmen und sich in der Melodie zu verlieren.
    Es erklingt Claude Debussy. Nach den ersten Sekunden meines Klavierspiels gelange ich in ein lebendiges Bild. Ich sehe mich als kleines Kind vor unserem Haus in Griechenland und weiß, was an diesem Tag geschehen wird. Meine Sandalen wirbeln bei jedem Schritt Staubwolken auf. Es hat seit Tagen nicht geregnet. Der Boden ist extrem trocken. Plötzlich tauchen Riesenwesen vor mir auf. Sie jagen mir einen furchtbaren Schrecken ein.
    Es gibt keine Möglichkeit zur Flucht.
    Eine Stimme ruft: »Katerina, wo bist du? Abendessen!«
    Ich bin gleich da, möchte ich sagen, aber es kommt kein Ton heraus. Die verbleibenden Schritte gehe ich sehr langsam.

Ich bin ein Kind und wundere mich nicht, was passieren wird. Jemand wird in diesem Haus sterben.

Eine männliche Stimme reißt mich aus meinem Wachtraum und holt mich ins Hier und Jetzt zurück: »Entschuldigen Sie, kann ich Sie um etwas bitten?«

Während ich in meiner inneren Welt versunken war, ist ein junger Mann zu mir gekommen. Als ich meinen Blick auf ihn richte, läuft mir ein Schauer über den Rücken. Noch bevor sich unsere Augen treffen, weiß ich, dass seine blau sind. Er sieht sehr elegant aus, schlank, mit einem dunkelblauen Anzug, der ihm wie angegossen passt. So steht er vor mir. Es gibt nichts auf der Welt, das mich in diesem Moment ablenken könnte. Aus meinem tiefsten Inneren steigt eine Welle von Gefühlen hoch und ich vergesse, wo ich bin.

»Kennen Sie das Lied Love is a mystery von Ludovico Einaudi? Können Sie es für meine Verlobte Clara spielen? Sie sitzt da um die Ecke, ganz hinten.«

Er wartet auf meine Antwort. Seine blauen Augen verlieren sich in meinen. Ich habe das Gefühl, dass sie so tief in mich eindringen, dass mir schlecht wird. Wie hypnotisiert starre ich in seine Augen und habe das Gefühl, dass ihre Farbe sich in mildes Septemberblau verwandelt. Oder irre ich mich?

Auf einmal zuckt er mit den Schultern. Sein Blick wandert zuerst nach rechts und wieder zu mir. Seine Hände zittern und die Finger tasten unbewusst die rechte Anzugtasche ab. Von seiner Stirn laufen kleine Tropfen herunter; er bemerkt sie nicht.

Während ich mit mir kämpfe, und versuche, eine Antwort zu geben, zieht der Mann eine Visitenkarte aus seiner Anzugtasche und gibt sie mir. Unter der Visitenkarte versteckt ist ein Schein von zwanzig Euro.

»Rufen Sie mich an, bitte! Es ist dringend! Ich muss mit Ihnen reden. Nicht hier. Vielen Dank, dass Sie das Lied für uns spielen. Bitte, rufen Sie mich an!«

Automatisch nehme ich die Visitenkarte und das Geld und lege beides auf Klavier.

Was war das gerade? Warum ist es ihm so wichtig, mit mir zu reden?

Die Trockenheit in meinem Mund wird größer. Ich blicke mich nach einer Bedienung um. Die Servicekräfte wissen, dass ich abends Wasser oder Bier trinke. Diesmal bringt mir Conny ein Glas Wasser. Schluck um Schluck trinke ich, ohne in die Richtung zu sehen, wo er und seine Verlobte Clara sitzen, obwohl ich es tun will. Vertieft in der Geschichte, die die Melodie erzählte, sah ich die beiden nicht, als sie gekommen sind.

Das Glas bewegt sich leicht in meiner linken Hand. Das Zittern hört nicht auf. »Atme ruhig, Katerina, atme!«, höre ich meine innere Stimme, hole tief Luft, halte den Atem an, zähle bis acht und atme aus. Das wiederhole ich dreimal. Das Zittern hört nicht auf.

Ich lege die Hände auf die weißen Tasten vor mir. Meine Finger sind wie Vögel, die auf geheimnisvolle Weise ihren Flug steuern. Plötzlich ziehe ich die Hände zurück, mein Körper zuckt unwillkürlich. Ich empfinde furchtbaren Durst und trinke noch einen Schluck Wasser. Diesmal spüre ich, wie die Kälte mein Inneres erreicht und sich ausbreitet. Das Gefühl kannte ich noch aus der Zeit, als ich krank war. Der Schüttelfrost, das hohe Fieber und der Wunsch, schnell in mein Bett zu kommen, sind auch wieder da. Soll ich jetzt aufhören?

Der junge Mann und seine Verlobte Clara warten auf ihr bestelltes und bezahltes Lied.

Ein zweites Mal strecke ich meine Hände nach vorn; die Finger gleiten auf die Tasten. Die ersten Töne klingen leise und unsicher. Mit dem zweiten Takt gewinne ich die Sicherheit zurück und finde in angemessenem Tempo in das gewünschte Lied.

Als ich fertig bin, spiele ich eine Improvisation von Ludovico Einaudi. Ich kenne seine Stücke auswendig, so dass ich meine Version spielen kann.

Was für ein Abend heute.

Ich spüre mein Herz immer noch. Obwohl die beiden schon weg sind, hört das Pochen meines Herzens nicht auf. Keiner merkt, was mit mir los ist. Die Atmosphäre in der Bar ist entspannt und die Gäste fühlen sich wohl. Nach meinem Klavierspiel applaudieren sie mir. Es hat sich schon herumgesprochen, dass ich gut bin. Manche kommen von weit her, um meine musikalischen Geschichten zu hören. Jeder, der nur halb hinhört, kann einen verträumten Spaziergang durch Melodien unternehmen. In eine andere Zeit, an einen anderen Ort, wo er sich wohlfühlt, und hofft, das Glück zu finden, wo andere ihn garantiert nicht finden können.

Während ich meine Sachen packe, um zu gehen, kommt ein junger Mann zu mir.

»Der heutige Abend war etwas Besonderes für mich«, meint er, »vielen Dank, ich werde wiederkommen«.

Meine Höflichkeit lässt mich nicht im Stich. »Ich freue mich, dass es Ihnen gefallen hat.«

»Sie haben Talent, bitte hören Sie nicht auf zu spielen«, bemerkt er, reicht mir seine Hand und geht.
Ich starre ihm nach. Woher wusste er, was mir die anderen sagten? Kannte er sie alle? Ist es möglich, dass so viele Menschen das Gleiche denken können?

Die Nacht draußen lädt zu einem Spaziergang ein. Die Straße ist lebendig, wie ich sie seit Langem nicht gesehen habe. Die Leute sitzen vor Cafés auf den Bänken oder einfach auf den Steinen vor der Kirche St. Bernhard. Es duftet nach Blumen und Grün. Die menschlichen Stimmen vermischen sich mit dem Glockenläuten und den Geräuschen der Straßenbahnen. Gegenüber ist das Hochhaus, in dem sich die Universitätsbibliothek befindet. Alle Fenster sind offen und die Lichter brennen überall. Anscheinend lernen andere Studenten auch nachts, wenn die Stadtgeräusche gedämpft sind und die Stadt schläft. Das erinnert mich an die Aufgaben, die ich zu erledigen habe. Ich darf den Abgabetermin nicht verpassen und muss in unserer Werkstatt das Modell für mein Praktikum anfertigen. Heute Nacht werde ich den Entwurf fertig stellen, damit ich am Montag in die Werkstatt gehen kann.

Minuten später überquere ich die große Kreuzung und gehe in Richtung Innenstadt. Der Gedanke, dass heute kein Abend wie die anderen ist, lässt mich nicht los.

Viele Menschen laufen in dieser Sommernacht durch die Stadt, manche alleine wie ich, manche zu zweit, zu dritt. Die Stimmung, die sommerliche Kleidung und die Lebensfreude sind mir jetzt irgendwie fremd.

Ich wechsle die Straßenseite und laufe an einem Dönerladen und einem Reisebüro vorbei. Was für schöne Bilder von Kanada und Mexiko. Ich war noch nicht dort. Es muss sehr schön in diesen Ländern sein. Den Copy-Shop an der Uni und das Oxfordcafé lasse ich hinter mir, dann überquere ich die Kreuzung am Kronenplatz. In zehn Minuten werde ich zu Hause sein. Da merke ich, dass ich mein Handy vergessen habe.

Bevor ich zurückgehe, überlege ich kurz, ob ich zu der Zeit noch jemanden im Gold antreffen. Mich überkommt ein bitteres Gefühl, weil ich nicht zurückgehen mag. Hier konkret und überhaupt. Ich schaue nicht zurück. Auch nicht in meine Vergangenheit. Aber ich muss mein Handy holen.

Im Gold angekommen treffe ich Claudia, eine der Studentinnen, die dort bedienen.

»Kati, du hast hier eine Visitenkarte und deine Gage vergessen«, sagt sie und zeigt zum Klavier.

Für einen kurzen Augenblick zögere ich. »Ich habe mein Handy irgendwo hier vergessen«, sage ich und taste mit dem Blick den Tisch und den Stuhl ab, wo ich vorher gegessen bin. Nichts. Mein Handy ist verschwunden, wie vom Erdboden verschluckt.

Claudia bemerkt meine Hilflosigkeit. »Du findest es, such einfach weiter.«

Automatisch öffne ich meinen Rucksack, taste den Inhalt ab und entdecke das Display des Handys. So was! Der Weg zurück war völlig umsonst. Ich hole es heraus und schalte an. Keine Nachrichten, nichts. Keiner vermisst mich.

Soll ich diese Visitenkarte nehmen? Was wollte mir der Mann sagen? Ihm schien es sehr wichtig zu sein, aber ich habe jetzt keine Zeit für ihn, muss für die Prüfungen lernen, Entwürfe zeichnen, Modelle zusammenstellen.

Nehme das Geld auf dem Klavier. Die Visitenkarte lasse ich liegen. Ich brauche sie nicht.

Halb wach gehe ich hinaus in die Sommernacht und entscheide mich für einen anderen Weg, über den Mendelssohnplatz. Nach hundert Metern kommen aus einer Kneipe rechts von mir drei betrunkene Männer, die ich nur am Rande wahrnehme. Einer steuert direkt auf mich zu, die anderen laufen hinter ihm. Es scheinen Fußballfans zu sein, weil sie sich über ein Spiel unterhalten.

»Oho, wie hübsch du bist! Hast du Feuer für mich?«, fragt der Mann mit der blauen Kappe.

Während ich meinen Rucksack öffne, um nach dem Feuerzeug zu suchen, greift er an. In Sekundenschnelle packt er meine Hand, zieht mich zu sich und hält mich fest. Seine andere Hand versucht, sich zwischen meine Beine zu drängen. Panik packt mich. In den ersten Sekunden bin ich vor Schreck wie gelähmt. Alles geht so schnell.

Dennoch sammle ich meine Kräfte und schlage mit der linken Faust ins Gesicht des Angreifers, das ich erst jetzt sehe. Es ist ein dunkelhäutiges, mir unbekanntes Gesicht.

Danach verschwindet alles im Dunkeln.

Sie verfolgen mich, diese zwei männlichen Gesichter. Ich stehe auf den Klippen. Alleine. Die nächsten Sekunden müssen eine Entscheidung bringen. Wie soll ich mich entscheiden? Soll ich springen oder mich ergeben wie meine Mutter?

Wie im Film laufen Bilder aus meinem Leben vorbei. So schnell, dass ich kaum atmen kann.

Was soll ich tun?

Wenn ich springe, gehe ich zu den Göttern und Engeln, mein Leben auf der Erde wird zu Ende sein. Ich kann meine Mutter treffen. Sie wartet bestimmt auf mich.

Wenn ich mich ergebe, erwartet mich als Orakelpriesterin von Delphi eine Opfergabe. Ich merke, wie ich ruhig geworden bin. Mein Kopf dreht sich nach rechts, wo ich in der Ferne ein paar Olivenbäume sehe. Links entdecke ich einen Esel, der Gras frisst. Keiner kann ihn stören, nicht mal ich. Er steht da, wie angewurzelt.

Es kommt mir vor, als dauere es eine Ewigkeit, bis ich meinen Blick nach unten richte. In der Tiefe toben die Wellen. Das Ufer empfängt geduldig die Brandung. Mit jedem Wellenschlag verschlingt das Meer immer mehr Sandkörner und Erdboden. Trotzdem ist das Ufer noch da.

Der Wind bewegt mein weißes Orakelgewand. Ich trage es immer, wenn ich Apollon diene. Der Wind schlägt mir den Stoff gegen die Beine, meine Arme bleiben frei. Mein Haar ist offen und ebenfalls in Bewegung. Die Sonnenstrahlen brennen auf der Haut. Es ist so weit.

»He, wachen Sie auf! Wachen Sie auf!«, höre ich eine männliche Stimme. »Soll ich den Notarzt rufen?«

Langsam öffne ich halb die Augen. Im Blickfeld steht ein junger Mann, daneben eine junge Frau. Sein Gesicht wird größer. Meine Augen sind nun voll geöffnet.

»Wo bin ich?«, frage ich.

Ich habe immer noch das Gefühl, hier und gleichzeitig in Delphi zu sein.

»Sie lagen auf der Straße. Wir haben Sie gefunden«, klärt die junge Frau die Situation auf.

»Ich kann mich an nichts erinnern«, sage ich und spüre plötzlich, dass mein Kopf schmerzt. »Mein Kopf, es tut weh.«

»Soll ich den Arzt rufen?« Der Mann sieht mich fragend an und holt sein Handy aus der Hosentasche.

»Sie sehen sehr blass aus. Wie heißen Sie?«, fügt die junge Frau neben ihm hinzu.

»Katerina, Katerina heiße ich.«

»Hören Sie, Katerina, ich rufe jetzt einen Arzt. Man wird Ihnen helfen.«

»Ich fühle mich besser. Möchte nur nach Hause gehen.« Ich spüre die frische Luft deutlicher und nehme den Biergeruch wahr, der von dem jungen Mann kommt.

Während das junge Paar mir auf die Beine hilft, suche ich meinen Rucksack. Er liegt auf der Straße. Außer dem Paar ist die Straße wie leergefegt. Ungewöhnlich für diese Zeit.

Langsam begreife ich, was hier geschehen ist. Ein Mann hat mich angegriffen, danach ist alles im Dunkeln verschwunden.

Wie kann ich den Menschen sagen, dass ich mich in einer anderen Zeit sah. Ich weiß nicht mal, wo Delphi genau liegt.

Keiner würde mir glauben. Alle würden denken, ich sei verrückt. Niemand wird verstehen, was mit mir los ist. Ich selber kann mich auch nicht verstehen.

Ich mache die ersten Schritte, ohne das Gleichgewicht zu verlieren, bedanke mich bei dem jungen Paar, nehme meinen Rucksack und laufe mit unsicheren Schritten nach Hause. Ich denke immer wieder über das Erlebte nach, doch ich habe keine Erklärung.

Was passiert mit mir? Ich hatte schon von meiner Oma gehört, dass jeder von uns Intuition besitzt. Was das ist, wie sie sich bemerkbar macht, sagte mir keiner. Der Flashback, den ich gerade hatte, erschreckt mich. Ich sah mich in diesen Bildern aus einer anderen Zeit.

Wird mir jemand glauben, wenn ich es erzähle? Während diese Fragen mich quälen, wird mein Kopf immer schwerer. Ich bin gleich zu Hause, ich sehe schon die Lichter des Ludwigsplatzes.

Das beruhigt mich und gibt mir Kraft, die Treppen hochzusteigen und mich ins Bett zu legen. Jeans, weiße Bluse und Unterwäsche - alles landet auf dem Boden, wo sich schon mein Rucksack befindet. Heute ist das egal.

Das Fenster ist offen, draußen singt eine weibliche Stimme das Lied Atemlos durch die Nacht. Ich höre jemanden lachen. Die Menschen feiern.

Der Vorhang am Fenster bewegt sich, wie von Geisterhand berührt. Sehe ich Gespenster? Was ist los? Nach einigen Augenblicken höre ich das Lied draußen nicht mehr.

Ausgeschlafen, ohne Albträume, gehe ich voll motiviert zur Vorlesung.

Entwerfen ist mein Lieblingsfach. Es gibt einen zweidimensionalen Plan und dazu eine Zeichnung. Daraus entsteht eine dreidimensionale Figur. Die Schatten der Gebäude müssen genau abgebildet sein. Der Lichtwinkel ist präzise angegeben.

In diesem Semester haben wir eine Hockeyhalle als Projekt. Planung und Anfertigung des Modells haben mir gezeigt, wie komplex und aufwendig ein Planungsprozess ist. So eine Halle zu projektieren, umfasst mehrere Schritte.

Zuerst sollten wir im Unterricht mit genauer Quadratmeterangabe ausrechnen, welche Räume gebraucht werden. Bis die Funktionalität der Räume stimmte, musste ich die Stockwerke der Halle zweimal verändern.

Im Keller befindet sich der Haustechnikraum, die Treppen seitlich, Tribünen, Toiletten für Spieler und Gäste sowie Räumlichkeiten für beide Teams. Die Halle sollte aus Stahl projektiert werden. Wir mussten die Größe der Stützträger und den Durchmesser der Lüftungsanlage berechnen.

Mit der Mathematik kommt man meist gut zurecht, wenn man fit ist. Etwas angeschlagen, wie ich mich gerade fühle, brauchte ich mehr Zeit, um alles korrekt auszurechnen.

Unsere Gruppe besuchte das Stadtplanungsamt in Mannheim, um zu sehen, wo wir die Halle einplanen können. Dort haben wir auch Informationen zur geschichtlichen Entwicklung der Stadt erhalten. Wie sich die Stadt verändert hat, löste in mir viele Gedanken aus.

Was haben die Architekten geleistet, um das Gesicht der Stadt zu verändern, damit ein modernes, attraktives städtebauliches Ensemble entsteht?

Durch Vermessung bestimmten wir die genaue Position der Hockeyhalle in der Stadt. Das Lagemodell im Maßstab 1:500 mit den nahe liegenden Gebäuden und Grünflächen konnte ich teilweise zuhause anfertigen. Die Hallenform habe ich so entworfen, dass sie mit den anderen Gebäuden harmoniert, also eckig. Jede Woche kam ich für die Korrektur zu Professor Walter in die Hochschule.

Die Krönung des Projekts ist ein Modell im Maßstab 1:100 mit Zeichnung und eine detaillierte Zeichnung in 1:10 für die Schnittstellen der Konstruktion, die kritisch sind.

Mit dem Projekt ist es wie beim Klavierspielen. Ich tauche ein und der Rest der Welt hört auf zu existieren. Ich folge nur meinen Gedanken und höre die Stimme, die mir sagt, welche Schritte nötig sind.

Der Unterricht findet in diesem Semester immer Montagnachmittag statt. Wir fangen um dreizehn Uhr an. Jeder hat vier Stunden zur Verfügung. Danach müssen wir der Reihe nach auf die Korrektur durch den Professor warten.

Die Wartezeit zieht sich dahin, bis ich erfahre, wo ich meinen Entwurf verbessern kann. Obwohl wir eine kleine Gruppe sind, nur zehn Studierende, dauert es sehr lange. Das letzte Mal war ich um neun Uhr abends dran.

Es ist ruhig im Raum. Wir dürfen keine Musik dabei hören. Mir fehlt die künstlerische Freiheit.

Professor Walter weiß viel über uns, auch über mich. Dass ich in Griechenland geboren wurde, dass ich dort eine Familie habe, dass ich in einer WG wohne.

Er kennt viele Details aus unserem Privatleben.

Was wird er mit dieser Information machen? Wir sind nur Studenten, die sich von Semester zu Semester hangeln und davon träumen, alle Klausuren hinter sich zu bringen, um frei atmen zu können.

Heute ist Montagnachmittag. Ich bin mit einem Bleistift bewaffnet und während meine inneren Impulse auf dem Blatt sichtbar werden, kreisen meine Gedanken um all die Wünsche, die ich im Laufe der Zeit hatte.

Zuerst wollte ich Tänzerin werden. Jahre später wollte ich eine gute Klavierspielerin werden. Tatsächlich habe ich in der Musikschule hier in Karlsruhe bei zwei Wettbewerben sehr gut abgeschnitten. Einmal der erste Platz und im nächsten Jahr der zweite.

Da ich vom Sitzen auf dem Klavierstuhl Rückenschmerzen bekam, entschied meine Mutter, es sei Schluss mit meiner musikalischen Karriere. Es gab viele Turbulenzen, Szenen, Tränen, Groll und Vergeben. Monatelang war ich in Behandlung, bis ich endlich wieder gesund wurde. Seitdem erfährt meine Mutter nichts mehr von meinem Musikleben. Ich habe ihr vertraut und ich kann sie sogar verstehen. Alle griechischen Mütter möchten, dass ihre Kinder gesund und glücklich in der Familie aufwachsen. Sie ist keine Ausnahme. Sie steuerte meine kindlichen Wünsche, was ich tat und was ich lernte so, wie sie es für richtig hielt.

Ich rebellierte oft. »Du verstehst mich nicht. Ich will Klavier spielen!«, schrie ich, aber ohne Hoffnung, etwas verändern zu können.

»Du wolltest auch Tänzerin werden. Jetzt möchtest du Architektin werden. Alles nur Träume!«

»Mama! Hör auf! Ich werde Architektin werden«, erwiderte ich wütend; mein griechisches Temperament lässt sich nicht verleugnen.

»Bis du deinen Traumprinzen gefunden hast!«, wollte sie mich entmutigen.

»Mama!«

»Eine Griechin muss lernen, wie sie eine Familie zusammenhält, wie sie sich um den Haushalt kümmert, wie sie Kinder groß zieht.«

»Hör auf!«

»Was hast du bis jetzt zu Ende gebracht? Mal willst du Tanzen, mal willst du Klavier spielen, mal willst du...«

»Das ist nicht fair.«

»Katerina, wach auf. Dies hier ist kein Märchenland, sondern nackte Realität. Du schaffst es nie, dein Studium zu Ende zu bringen.«

Der Bleistift in meiner Hand knackt, bricht in zwei Hälften und fällt auf den Boden. Während ich einen neuen Bleistift aus meinem Mäppchen hole, kreisen meine Gedanken immer noch um das Gespräch mit meiner Mutter.

Die Fetzen flogen, und als sie das alles gesagt hatte, habe ich mir meine Tasche und die Jacke geschnappt, in Sekundenschnelle meine Schuhe angezogen und bin aus der Wohnung gerannt.

»Katerina, komm zurück!«, hörte ich meine Mutter schreien, aber kein Mensch der Welt wäre imstande gewesen, mich zurückzuholen.

Den ganzen Abend irrte ich alleine durch die Stadt, wie eine obdachlose, verlorene Seele. An einer Tankstelle kaufte ich mir eine Flasche Ouzo und ließ mich an einer Haltestelle nieder. Wie konnte sie mir unterstellen, dass ich von naiven Wünschen gesteuert bin und nichts zu Ende bringe? Ich habe noch Zeit, meine Fehler zu machen.

Sind alle Eltern wie meine Mutter, weil sie ihre Kinder vor Fehlern schützen wollen?

Ich holte alles heraus, was sich in meiner Tasche befand, und legte die Gegenstände auf die Bank an der Haltestelle.

Ganz schön viel.

Ein roter Manhattan Lippenstift, ein Eyeliner, eine Packung Tempo, ein kleiner Zeichenblock, das blaue Mäppchen mit Delfinen drauf, eine Packung Kaugummi, ein Kamm, Zahnpasta und Handcreme. Es reichte für einen Kosmetikladen, dachte ich mir. Auch die Visitenkarte meiner Mutter war dabei; ich zerriss sie und warf die Schnipsel in die Luft. Wie Schnee rieselten sie über mich auf den Boden. Das brauchte ich nicht. In diesem Moment habe ich mich entschieden, von zu Hause auszuziehen.

Schnell packte ich meinen Kosmetikladen wieder ein und mit einer halben Flasche Ouzo in der linken Hand rief ich Christine an.

Ein paar Wochen nach dem Krach zog ich bei meiner Freundin ein, vorübergehend, bis ich die Nachricht erhielt, dass ich zum

Architekturstudium an der Hochschule für Wirtschaft und Technik in Karlsruhe zugelassen bin.
Der Kompass meines Lebens hat sich gedreht.

Nun sitze ich vor der Tür, schaue unzufrieden meinen Entwurf an und stelle mich auf das Warten ein. Der Professor ruft einen nach dem anderen zu sich und ich werde langsam nervös. Schon wieder die Letzte zu sein ist nicht gut für mich.
Ich fühle mich müde von den ganzen Erinnerungen an meine Mutter. Während ich Wasser trinke und aus dem Fenster neben mir nach unten schaue, höre ich meinen Namen.
»Katerina, kommen Sie!«, fordert mich Professor Walter auf.
Ich nehme meinen Entwurf, packe alle Sachen in den Rucksack und gehe nach vorn. Auf dem Tisch liegen die Entwürfe des Modells, die er genau unter die Lupe nimmt und kritisch kommentiert.

Ein paar Stunden später liege ich mit weit geöffneten Augen in meinem Bett. Die Gedanken springen von einer Situation zur anderen. In den letzten Tagen ist viel passiert. In der Hochschule, im Gold, in dem Haus, wo ich mein Praktikum mache.
Das Haus erinnert mich an ein Schloss, in dem sich dunkle Gestalten bewegen. Besonders im Keller. Ich muss das Haus aus meinen Gedanken verscheuchen. Trotzdem tauchen die Bilder davon immer wieder vor meinem inneren Auge auf. Da sind noch diese Albträume und eine Stimme, die mir sagt: »Du entkommst deinem Schicksal nicht.«
Statt Ruhe stellt sich bange Ungewissheit ein und ich liege wach, bis von der Kirchturmuhr zwei Glockenschläge kommen. Danach verschwindet alles im Dunkeln.

Der Klingelton meines Handys spielt schon zum dritten Mal My Way, bis ich die Augen aufmache. Ein Sonnenstrahl fällt auf meine Hand. Ich schaffe es aus dem Bett und suche die kurze Hose, die ich zu Hause gerne trage. Ich fische ein T-Shirt aus dem Kleiderschrank, gehe ins Bad und erledige meine Morgenrituale. Die Wohnung ist still.
In diesem Moment muss ich an den jungen Mann von gestern denken. Er wollte mich treffen, war in Eile und gab mir seine Visitenkarte. Wo ist sie geblieben? Ich muss sie suchen.
Lasse die Zahnpastatube offen auf dem Regal liegen und gehe ins Zimmer. Auf dem Tisch herrscht Chaos - Bücher, Zeichenblöcke, Skizzen, Stifte liegen aufeinander. Sie muss hier

sein. Ich lege zwei Bücher auf den Boden, sammle die Skizzen ein und stecke sie in eine Mappe.

Immer noch keine Visitenkarte. Wo habe ich sie denn nur gelassen? Ich muss endlich wach werden! Er hat mir zwanzig Euro gegeben und gleichzeitig seine Karte. Das Geld habe ich genommen. Jetzt erinnere ich mich, dass ich dachte, die Visitenkarte nicht zu brauchen, und sie auf dem Klavier liegen ließ. Es schien für den Mann sehr wichtig zu sein, dass ich ihn kontaktiere. Noch ein Angebot zum Klavierspielen?

Als ich am Donnerstag zum Gold gehe, frage ich Christine, die junge Studentin, ob sie die Visitenkarte gesehen hat.

»Der Name war Johannes Krammer, das weiß ich noch. Tut mir leid, Katerina, ich habe sie weggeworfen. Es war eine Telefonnummer aus Heidelberg. Daran erinnere ich mich, weil meine Schwester dort studiert und ich die Vorwahl der Stadt kenne.«

Ich bin enttäuscht. »Der Mann wollte, dass ich ihn anrufe, es schien etwas Wichtiges zu sein.«

»Warte mal, unter dem Namen stand Architekturbüro«, erinnert sich jetzt Christine und holt aus ihrer schwarzen Bedienungsschürze ihr Handy, tippt auf dem Display und lacht. »Schau mal, ich habe es gefunden, Architekturbüro Krammer in Heidelberg. Hier ist die Nummer.« Und sie zeigt mir die Nummer. Die Zahlen sind leicht zu merken.

»Du bist ein Schatz, weißt du das?«, sage ich lachend.

»Du hältst mich auf dem Laufenden?« Sie steckt ihr Telefon wieder in die Schürze »Ich muss jetzt weitermachen, entschuldige mich, Katerina.«

Ich bin ihr dankbar, dass sie sich trotz dem ganzen Stress hier Zeit für mich nahm und die Telefonnummer von diesem Herrn Krammer fand. In der Pause speicherte ich die Nummer und war mehrmals drauf und dran anzurufen.

Es kam immer wieder etwas dazwischen.

Zuerst kam eine Frau, um sich ein Lied zu wünschen, danach ein Mann, dessen Frau Geburtstag hatte. Sie haben im Gold einen Tisch reserviert, weil sie von ihren Bekannten gehört hatten, dass ich hier Klavier spiele, und wollten ihre Familienfeier hier ausrichten. Das hat mich gefreut und ich vergaß zu telefonieren. Das kann warten, sagte ich mir und verschob den Anruf.

Am nächsten Morgen wähle ich die Nummer. Es meldet sich ein Mann, der nicht Krammer ist.

»Ich möchte Herrn Krammer sprechen. Haben Sie eine Nummer, unter der ich ihn jetzt erreichen kann?«

Sein Kollege wusste vom Gold und meinem Klavierspiel. »Sie sind diejenige, die so schön spielen kann«, sagt er mit Lachen in der Stimme. »Johannes hat mir davon erzählt. Warten Sie mal, ich gebe Ihnen die Telefonnummer in Karlsruhe.«

Erleichtert atme ich tief durch und bedanke mich. Endlich habe ich die Nummer von Johannes Krammer. Was für eine Odyssee, an sie zu kommen. Ich tippe sie auf meinem Display ein. Es schaltet sich ein Anrufbeantworter an. Ich lege überrascht auf. Mein Herz pocht wie verrückt, als ich die Ansage höre und auflege. Seltsam. Ich kann mir das nicht erklären.

Dieser Herr Krammer ist ein Unbekannter. Trotzdem habe ich schnell gedrückt. Der Mann ist verlobt. Mit der jungen Frau, die ich nur kurz wahrgenommen habe. Ihr lavendelfarbenes Kleid war nicht zu übersehen; es stand vom Stil her in Kontrast zu ihrer Frisur. Der Besuch im Gold war für sie wohl so wichtig, dass sie ihr Haar wie Amy Winehouse gestylt hatte. Sie sah aus, als wäre sie einer Modezeitschrift entsprungen.

Obwohl ich es nicht mag, aufs Band zu sprechen, rufe ich erneut an. Kurz sammle ich meinen ganzen Mut und überlege, was ich sagen muss. Wenn ich das nicht tue, stolpere ich und die Sätze sind voll mit »Äh« und Pausen.

»Hallo, Herr Krammer, hier ist Katerina, die Klavierspielerin aus dem Gold. Sie wollten mich sprechen. Hier ist meine Nummer. Ich wünsche Ihnen einen schönen Tag«, sage ich wie in einer Sprechübung und lege auf. Zu jemandem zu sprechen, der abwesend ist, macht mich nervös.

Die Sonne draußen verwöhnt mein Gesicht noch mit ihren warmen Strahlen. Der Weg führt mich zur Moltkestraße, wo der Unterricht im Gebäude B stattfindet. Es ist eine ruhige Gegend und ich genieße jeden Schritt.

Im Sommer gibt es in der Stadt Fahrräder wie Sand am Meer. Karlsruhe gehört zu den Städten, die den Radverkehr fördern. Die Einwohner können auf ihren Rädern die ganze Stadt bequem durchqueren.

Ausnahmsweise bin ich heute ohne mein Fahrrad unterwegs. Der Geruch nach Grün und frischer Erde vermischt sich mit den Abgasen der Moltkestraße. Zu Fuß zu gehen beruhigt mich und gibt mir das Gefühl, im Zentrum des Geschehens zu sein, das Pulsieren des Lebens zu spüren. Obwohl ich neu in der Stadt bin, fühle ich mich irgendwie wohl und erkunde sie oft zu Fuß.

Manchmal gehe ich tagelang durch eine Straße und merke mir die Häuser, Geschäfte, Bäume, Parkplätze. Wenn ich ein Problem zu lösen habe, gehe ich manchmal jeden Tag eine andere Route. Die Häuser sind da und ich muss mir nur überlegen, wo ich etwas neu aufbauen könnte. Wenn mich Professor Walter sehen könnte, wie ich in Gedanken Projekte schmiede, um schöne und gleichzeitig funktionale Bauten entstehen zu lassen, würde er staunen.

In diesem Moment überrascht mich ein lautes Klingen, das aus meinem Handy kommt.

»Katerina, hier ist Johannes. Sie haben eine Nachricht hinterlassen. Wollen wir zusammen Kaffee trinken gehen?«

»Hallo, Johannes. Das klingt gut. Allerdings schaffe ich es heute nicht mehr. Meine Vorlesungen dauern bis zwanzig Uhr«, sage ich und gleichzeitig höre ich mein Herz pochen. Was ist los mit mir?

»Dann morgen, welche Zeit passt Ihnen? Und wo?« Dieser Mann verliert keine Minute seines Lebens, denke ich.

»Morgen passt. Ich habe bis siebzehn Uhr Vorlesung.«

»Wo können wir uns treffen?«, fragt er rasch weiter.

»Am Kolpingplatz gibt es das Café Isetta. Kennen Sie es?«

»Es ist nicht weit von mir, das kenne ich. Um halb sechs?«

»Ja, das passt, ich schaffe es.« Ich atme tief durch und höre, wie er sich am Telefon verabschiedet und mir einen schönen Tag wünscht.

Der Mann weiß wirklich die Zeit zu nutzen oder ist in Eile, denke ich. In mir breitet sich ein Gefühl der Leichtigkeit vermischt mit Lebensfreude und Aufregung aus, und mein Lächeln ist wieder da. Seit Tagen war ich in meinen Albträumen gefangen, die gescheiterte Prüfung, der Unfall auf der Straße, das Haus auf dem Hügel für mein Praktikum - das alles verschwindet. Wie weggeblasen.

Der Himmel ist heute so blau und klar. Diese Klarheit sehe ich zum ersten Mal. Die wenigen Federwolken sehen wie auf einem Kinderbild aus. Ihre weiße Farbe harmoniert mit anderen Farben und besonders mit Blau und erinnert mich an Griechenland. Dort haben Himmel und Meer die blaue Farbe, die ich in den Augen von diesem Johannes gesehen habe.

Der Gesang der Vögel klingt heute für mich besonders schön. Es scheint mir so, als wäre ich im Zentrum eines Konzerts und hörte fünf Vögel gleichzeitig. Alle singen für mich, denke ich und habe beinahe vergessen, dass ich zur Vorlesung muss.

Hastig laufe ich weiter, verspeise dabei ein Croissant und erreiche schließlich mein Ziel, das Gebäude B.

»Du bist zu spät«, flüstert Moni, als sie mich sieht, wie ich außer Atem in den Raum schleiche, meine Sachen auf den Boden stelle und den Schweiß vom Gesicht wische.

Der Dozent ist in seinen Vortrag vertieft und sieht mich nicht. Ich bin die Einzige, die häufig zu spät zur Vorlesung kommt. Ich nehme mir oft vor, früh aufzustehen und mich schnell fertig zu machen. Derzeit ist das nur ein Wunsch. Meine Hand beugt sich zum Rucksack und sucht nach dem Notizblock. Ich hole ihn raus und krame nach Schreibzeug.

»Was ist mir dir los?«, fragt Moni.

»Ich habe jemanden kennengelernt. Ich werde ihn morgen treffen.«

»Was, echt?«, wundert sie sich und schaut mich so an, dass ich den Finger an meinen Mund lege als Zeichen, dass wir leise reden müssen.

»Es ist nicht so, wie du denkst«, versuche ich, mich zu verteidigen.

»Katerina!«

»Lass uns jetzt zuhören«, beende ich das Gespräch und konzentriere mich auf die Vorlesung. Nach einer Weile existiert nichts anderes mehr als Mathematik.

KAPITEL 4

Der Regen fällt auf meine Nylonjacke und fühlt sich wie ein sanftes Trommelspiel an, so leise, dass nur ich es hören kann. Ausgerechnet jetzt, wenn ich ein Treffen mit diesem Johannes Krammer habe. Während ich in der Bahn sitze, trockne ich die Hände und die Haare, öffne den Rucksack, schließe ihn wieder, suche mein Handy, schalte ein und aus. Die Menschen in der Bahn sind mit sich selbst beschäftigt. Mein Blick springt von einem Fahrgast zum anderen.

Nun erreicht die Bahn die Haltestelle Kolpingplatz und ich schaue nach rechts, wo sich das Café Isetta befindet. Um dahin zu gelangen, muss ich nur den Weg durch die Blumenanlage nehmen. Diesmal laufe ich automatisch bis zum Ende der Haltestelle, überquere die Kreuzung, mache einen Bogen um die lila-gelb-roten Blumenbeete und nach zwanzig Metern bin ich im Außenbereich des Cafés. Die Tische draußen verbreiten mit ihrem skandinavischen Design in Weiß, Blau und zartem Grün eine Wohlfühlatmosphäre.

Ich bin zu spät. An einem der Tische sitzt er schon.

Ich sehe ihn sofort und bin total aufgeregt. Jeden Herzschlag spüre ich in meinen Venen. Der Puls schießt nach oben, als ich ihn begrüße.

Er lacht und lädt mich ein, Platz zu nehmen. Auf dem Tisch vor ihm stehen eine Tasse Cappuccino und ein Glas Wasser. Während er mich fragt, was ich trinken möchte, stelle ich fest, wie elegant er aussieht. Jede Frau würde sich freuen, neben solch einem Mann zu sitzen, denke ich. Er bestellt das Gleiche für mich und ich lache ihn an.

»Können wir uns duzen?«, fragt er direkt.

Mir erscheint die Frage überflüssig, denn ich fühle mich wohl in seiner Nähe. So habe ich mich seit Langem nicht gefühlt. Ruhig und vertraut. Er nimmt mein Nicken als Zeichen der Zustimmung. Mein Cappuccino steht schon auf dem Tisch und ich fange an, mit dem Löffel den Schaum zu erforschen.

»Ich weiß, dass das, was ich dir jetzt sage, sehr unglaubwürdig klingt«, fängt er an und macht eine kleine Pause. »Ich kenne dich. Als ich dich zum ersten Mal sah, wusste ich es.«

Ich sehe, wie aufgeregt Johannes ist.

»Woher kennst du mich? Hast du mich irgendwo vorher gesehen?«

»Ich kann es nicht erklären. Vom ersten Moment an, als unsere Blicke sich gefunden haben, wusste ich, dass ich dich schon einmal getroffen habe.«

»Es kann nicht sein, ich bin vor Kurzem nach Karlsruhe gezogen.«

»Glaubst du mir nicht, Katerina?« Es hört sich gut an, wenn er meinen Vornamen ausspricht. Die Stimmfarbe und der Ton berühren mich.

»Ich glaube dir«, sage ich leise und denke, um mich zu beeindrucken, braucht es schon mehr.

»Es ist wahrscheinlich Schicksal oder Zufall. Ich wollte dir da in der Bar nicht viel sagen, weil ich nicht allein war.«

»Hat deiner Verlobten dein Lied gefallen?«

»O ja, manchmal ist schwer zu durchschauen, was sie denkt, aber dein Klavierspiel hat ihr gefallen, oder zumindest sagte sie das«, antwortet er.

»Sie will, dass wir bald heiraten. Die Verlobungsfeier hat schon in München bei ihren Eltern stattgefunden. Sie ist die einzige Tochter eines Großverlegers und arbeitet bei ihrem Vater als Marketingexpertin.«

»Liebst du sie?«, platzt die wichtigste Frage aus mir heraus.

»Die Heirat öffnet mir viele Türen. Für meinen Beruf sind die Geschäftsbeziehungen überlebenswichtig«, weicht er mir aus.

»Erzähl mal, was studierst du denn hier?«

Ich schmunzle innerlich, äußerlich lache ich, weil ich schon mindestens eine Gemeinsamkeit mit Johannes habe.

»Architektur, an der Hochschule für Wirtschaft und Technik.«

»Echt? Was für ein Zufall.« Kann er meine Gedanken lesen, und weiß, was ich gerade gedacht habe?

Ich trinke meinen Cappuccino und schaue ihn an. In diesem Moment nimmt er seine Serviette und nähert sich damit meinem Gesicht.

»Du hast hier Schaum«, lacht er und berührt meinen Mundwinkel mit der Serviette.

»Danke«, sage ich, überrascht von der Geste und der Berührung. Es hat sich wie ein leichter Kuss angefühlt. Will er mich jetzt anbaggern oder ist er nur höflich? Ich kann die

Situation nicht einschätzen. Wieso bin ich dann so aufgeregt und höre mein Herz pochen?

»Hast du ein Lieblingsfach?«, fragt er und ich merke, wie ich mich langsam beruhige nach der Sache mit der Serviette.

»Darstellende Geometrie, wobei unser Professor die Gruppe halbiert hat. Ich bin in der durchgefallenen Hälfte«, ergänze ich mit Bitterkeit in der Stimme.

»Was für ein Projekt hast du momentan? Ich kann dir helfen. Ich habe auch hier studiert, fünf Jahre vor dir. Ich weiß wie der Hase läuft.«

Was für ein Treffen, was für eine Bereitschaft mir zu helfen! Macht er das aus Gefälligkeit, oder möchte er mich beeindrucken?

»Eine Hockeyhalle für die Stadt Mannheim. Wir waren im Rathaus Mannheim, um den Standort auszusuchen.« Die blaue Farbe seiner Augen verändert sich und er atmet tief ein.

»Das ist ja merkwürdig, wir hatten auch so ein Projekt. Anscheinend wechselt der Professor seine Themen alle fünf Jahre.« Johannes grinst.

»Oder eben nicht«, erwidere ich lachend. Inzwischen sind die Tassen leer, es ist noch hell und warm. Der Abend ist sehr angenehm. Die leichte Brise spielt mit meinem offenen Haar.

Auf dem Baum gegenüber spielen zwei Spatzen Versteckspielen. Die Blätter leuchten und ich kann die kleinsten Adern erkennen.

»Ich fühle mich wohl, so habe ich mich lange nicht gefühlt«, sagt Johannes und spricht damit auch meine Empfindungen aus.

»Ja, ist nett von dir.«

»Das könnten wir mal wiederholen. Hast du Lust, nach Baden-Baden zu kommen, Katerina? Ich habe eine Einladung für Freitag zu einer Ausstellung im Fabergé Museum.«

Ich schaue ihn an und bin gerade sprachlos. Er kann Gedanken lesen oder weiß genau, was ich sehen möchte. Schön, dass er mein Selbstgespräch nicht mitbekommt, sonst würde er denken, mit mir sei etwas nicht in Ordnung.

»Ich habe viel zu tun«, lehne ich seinen Vorschlag ab.

»Außerdem...«

»Du meinst Clara. Ja, wir sind verlobt, aber das heißt nicht, dass ich nicht ausgehen kann und mit keiner anderen Frauen Kaffee trinken darf.«

»Cappuccino.«

»Von mir aus«, er lacht und ich spüre, dass er weiterreden möchte, sich dann aber entscheidet, nichts zu sagen, außer:

»Also, wenn du es dir anders überlegst, melde dich. Ich würde mich freuen, dich wieder zu sehen.«

Was wollte er mir noch sagen, was verbirgt sich hinter dem wohl organisierten, erfolgreichen Architekten? In seinen Augen sah ich kleine Funken aufleuchten, so schnell wie Blitze.

Während mir diese Gedanken durch den Kopf schießen, sehe ich, wie er aufsteht und einen Zehneuroschein auf den Tisch legt. Er reicht mir die Hand zum Abschied und seine Augen... Verdammt. Seine Augen wollen meine verbrennen. Nur für ein paar Sekunden. Danach verschwindet der Blitz, so schnell wie er gekommen ist.

»Bis bald, Katerina, wir sehen uns.«

»Tschüss, Johannes«, sage ich sehr leise.

Er nimmt die Straße, die zum Zentrum führt, zu Fuß. Mir zittern die Knie. Mein ganzes Inneres ist wie von einem Sturm gepackt. Ich muss auch nach Hause gehen, aber nicht jetzt. Dieser Mann hat mein Herz in der Mitte getroffen, wie ein Dartpfeil den schwarzen zentralen Punkt. Durch seine Geste mit der Serviette hat er mich spüren lassen, wie zärtlich er sein kann.

Aber er ist verlobt und damit vergeben. Der kleine Löffel hat in meinem Mund nichts zu suchen; ich bin kein kleines Kind mehr, das solche Spielereien macht. Er landet in der Tasse und die zwei Zuckerpackungen und ein Keks auf dem Unterteller schaue ich an wie Außerirdische, die sich einen falschen Landeplatz ausgesucht haben. Mein Blick tastet die gepunktete rosa-weiße Serviette ab, dann stehe ich auf, nehme den Rucksack und gehe in Richtung der Straßenbahnhaltestelle am Kolpingplatz.

Die nächsten Tage vergehen rasch. Monika platzte vor Neugier, kaum ich mich in der Vorlesung neben sie. Während ich über mein Treffen berichte, spüre ich, wie ihr Blick tief in mir bohrt.

»Und, fährst du nach Baden-Baden? Ich an deiner Stelle würde so etwas nicht verpassen. Da werden wahrscheinlich berühmte Künstler, Kunsthändler und reiche Russen sein, die sich ihre ausgefallenen Wünsche erfüllen wollen.« Sie klingt sehr überzeugend.

»Lass mich in Ruhe, ich muss das Modell und die Entwürfe fertigmachen und mir bleibt wenig Zeit.«

»Genau, bis Freitag.«

»Dann geh doch du zur Ausstellung.« Meine gereizte Stimme ist mir ganz fremd.

»Katerina, was ist los?«

»Nichts ist los.«
Moni schaut mich zweifelnd an und fragt nicht weiter. So still ist es im Raum, dass alle meinen letzten Satz mitbekommen haben und uns anstarren. Der Dozent auch.
»Gibt es eine Frage?« Seine Stimme klingt förmlich.
»Alles gut«, sagt Monika und die Lage entspannt sich wieder. Ich hasse es, wenn alle herstarren. Das fühlt sich wie bei einem Verhör an. Der Druck in meinem Kopf steigt, trotzdem packe ich meine Sachen und schleiche zur Tür. Ich brauche frische Luft und ein Bier.

Der Bau des Modells und die Entwürfe erfordern meine ganze Disziplin und die Fähigkeit, unter Druck zu arbeiten. In der Nacht, wenn alle schlafen, bin ich in meinem Element. Da kann ich richtig anpacken. Durch die geöffneten Fenster höre ich in die vorbeifahrenden Bahnen, die Stimmen der Menschen, die aus den Kneipen und Restaurants kommen. Ein Hund bellt und fordert seinen Besitzer zum Gassigehen auf.
Vor mir sehe ich, wie das Modell der Hockeyhalle Form annimmt. Auf dem Boden liegt die maisgelbe Farbe, die ich für die Außenfassade der Halle brauche. Den Sommerregen draußen höre ich nicht mehr. Noch die letzten Elemente zusammenkleben.
Die kleinen Holzfiguren der Menschen, die ich in der Werkstatt angefertigt habe, liegen am Rand des Tisches.
Ich stelle mir vor, wie sich die Tribünen füllen. Es herrscht Spannung vor dem Spiel. Ich wünsche mir, dass ein Team einen bestimmten Kapitän hätte, der Johannes heißt. Ich sehe die Spieler und ihren Trainer in Aktion. Ich wünsche mir, dass er mich auf der Tribüne mit dem Blick sucht und findet. Nach kurzem Zögern lachen seine Augen.
Eine Amsel singt draußen. Ich erwache aus dem inneren Kopfkino und sehe auf dem Zifferblatt meiner Uhr, dass es vier Uhr ist. Genau vier. Der kleine Freund singt sein Lied genau um vier Uhr morgens. Erstaunlich. Während ich Kopf, Oberkörper und Hände schüttle, suche ich die Amsel. Hinter dem tomatenroten Vorhang schaue ich zum Baum gegenüber. Zuerst sehe ich sie nicht, höre sie nur. Nach ein paar Sekunden bemerke ich zwei kleine Schatten zwischen den Blättern, weil sich der Ast bewegt. Das Amselmännchen ist nicht allein. Singt es seine Lieder jeden Morgen für seine gefiederte Freundin?
Was ist mit mir?

Er hat gesagt, ich kann ihn anrufen, wenn ich mit ihm die Ausstellung in Baden-Baden besuchen möchte. Mache ich morgen. Ach, heute. Ich bin nur müde und meine schläfrigen Füße finden alleine den Weg zum Bett. Die Amsel singt immer noch. Danach entfernt sich die Melodie und ich höre nichts mehr.

Später rieche ich den Duft von frischem Kaffee. Ich weiß, Fabrizio ist Spezialist im Kaffeekochen.

Als ich in der Küche auftauche, lacht er und sein »Bon giorno, cara mia« nervt mich.

»Wieder die ganze Nacht geschuftet? Das bringt dich um, meine Süße.« Er macht ein paar Schritte zu mir.

Ich ertrage jetzt keine Nähe. Seine blöde Bemerkung ignoriere ich, umkurve ihn und erreiche mein morgendliches Ziel, das Bad. Ich hasse Spiegel. Das Gesicht im Spiegel sieht blass aus, die Haare zerzaust, die Nase gerötet.

Ich brauche nicht in die Vorlesung zu gehen.

Mir bleiben nur zwei Stunden bis zum Abgabetermin. Diese Erkenntnis schießt plötzlich in mein Gehirn, ich springe zurück ins Zimmer, öffne die Farbpackung, suche in einer Kiste Pinsel, um das Modell zu bemalen. Wenn ich jetzt innerhalb einer halben Stunde fertig bin, dann kann ich es noch schaffen.

Meine Finger fliegen und mit ihnen der Pinsel durch die Luft. Er landet genau in der Mitte des Modells. Die maisgelbe Farbe spritzt auf die Innenwände. Die Farbtropfen laufen nach unten wie Bächlein. Fabrizio kann mein Taxi sein, denke ich und renne sofort in die Küche.

»Ich brauche dich dringend!« Der Hilferuf kommt wie aus der Pistole geschossen.

»Lass mich raten, du hast kein Geld«, er lacht und trinkt entspannt aus einer Tasse mit der Aufschrift Verona.

»Um zwölf Uhr muss ich auf der Matte stehen. Mit meinem Modell. Fabrizio, Hilfe, ich brauche dich wirklich.«

»In ein paar Minuten muss ich weg. Tut mir leid«, sagt er und ich bin außer mir vor Wut und Aufregung.

Wie schaffe ich es, in kürzester Zeit mit dem Modell zur Uni zu kommen? Das Fahrrad ist meine Rettung.

Die Minuten rinnen mir durch die Finger, wie Sandkörner in einer Sanduhr. Wenn ich jetzt den Termin vermassele, lande ich bei der Hälfte von Studenten, die sich einen anderen Beruf aussuchen müssen.

Ich brauche T-Shirt und Jeans. Die Idee, im letzten Moment noch kreativ an dem Modell zu arbeiten, muss ich vergessen. Ich rette, was zu retten ist. Packe hastig meine Sachen, nehme das Modell und werfe den Rucksack über die Schultern.

Als ich die Treppen nach unten geschafft habe, ist der Platz, wo mein Fahrrad stehen sollte, leer. Der Schreck wirft mich aus der Bahn. Ich traue meinen Augen nicht.

Meine Kommilitonen werden schon mit der Abgabe fertig sein.

»Ein Soldat bleibt ein Soldat, und die Schlacht ist nicht verloren, solange du kämpfst«, höre ich im Kopf die Stimme meiner Oma.

Die Zeit scheint stehen geblieben zu sein. Vergangenheit und Gegenwart fließen ineinander. Sie sind eins. Jetzt.

Ein Klingelton zerreißt die Stille. Ich stelle das Modell auf den Boden und suche mit zitternden Händen das Handy. Hoffentlich ist das meine Rettung. Im letzten Moment.

Gerade als ich das klingelnde Ding aus dem Rucksack fische, hört es auf. Ich wische die Schweißtropfen von der Stirn ab und drücke die Rücktaste in Erwartung, das Piepsen zu hören.

»Hallo Katerina, ich bin`s, Johannes. Ich wollte wissen, wie es dir geht. Es war schön, unser Treffen.« Er macht eine Pause und ich versuche, mich zu sammeln.

»Katerina, alles in Ordnung? Habe ich dich gestört? Entschuldige, ich wollte nur wissen, ob du deine Meinung geändert hast.«

»Ich kann dich im Auto nach Baden-Baden mitnehmen«, schlägt er vor und ich weiß nicht, wie ich ihm sagen kann, dass ich nicht kommen werde. Die Rebellin in mir ist erwacht.

Ein Bild schießt mir plötzlich in den Kopf.

Ich sehe ein rosafarbenes Ei, Johannes bewegt seine Lippen zu meinen und küsst mich. Nun weiß ich, was ich zu tun habe.

»Danke, aber ich komme mit der Bahn«, entscheide ich mich.

»Es fängt um neunzehn Uhr an. Herr Ivanov, der Besitzer des Museums, wird auch da sein. Ich lasse deine Einladung unten an der Kasse.«

»Sehr nett«, ich atme tief durch. »Danke.«

»Ich freue mich auf dich, bis dann«, er legt auf.

»Bis dann«, wiederhole ich, wie in Trance. Die Hand mit dem Telefon fällt nach unten.

Was habe ich gemacht? Wie wird seine Verlobte reagieren? Wieso hat er nicht von ihr gesprochen? Was hat er zu verbergen?

Wenn ich das Gedankenkarussell nicht stoppe, wird das ein harter Tag für mich. Obwohl ich nur knapp zwanzig Minuten habe, schnappe ich das Modell, eile auf die Straße und schaue mich nach einem Taxi um. Gewöhnlich steht mindestens eines in der Nähe des Marktes. Tatsächlich sehe ich ein Taxi und mache das rettende Zeichen so hektisch mit der linken Hand, dass ich fast das Modell fallen lasse. Der Taxifahrer nickt. Nachdem das Auto vor mir steht, verstaue ich das Modell im Kofferraum, schließe ihn und reiße die Tür auf. Der Fahrer sieht mich verwundert an.

»Wohin soll ich Sie bringen?«, fragt er mit einer Stimme, die neutral klingen soll.

»Hochschule für Wirtschaft und Technik.«

»Gibt es dort keine Straßen?«, fragt er und schaut mich im Rückspiegel an.

»Moltkestraße dreißig.«

Die Autofenster sind offen. Ich bin froh über die frische Luft. Ein Türke, stelle ich fest, als ich das kleine blau-weiße Medaillon sehe, das vor der Windschutzscheibe hin und her baumelt. Solche Talismane kenne ich aus Griechenland. Sie sind gegen den bösen Blick und als Glücksbringer gedacht.

Nach zehn Minuten ist mein Geldbeutel um zwanzig Euro leichter und ich nehme die Treppen hinauf. Die Uhr im Gebäude geht genau. Diesmal hast du es geschafft, Katerina, lobe ich mich selbst, um das Zittern der Hände und Füße zu stoppen.

Oben angekommen, höre ich, wie mein Name gerufen wird.

»Hier, ich bin hier«, rufe ich, nehme hastig die letzte Stufe und eile zur Tür des Prüfungsraums. Professor Walter kneift seine Augen zusammen und ich höre nur »Bitte, kommen Sie herein.«

KAPITEL 5

In meinem rosenholzfarbenen Kleid, das leicht tailliert ist, fühle ich mich wohl. Ich wünsche mir, dass ich gut aussehe.
Im Museum treffe ich sicher auf viele Frauen und Männer, die mich mustern werden.
Wird sich Johannes freuen, mich wieder zu sehen? Was mache ich, wenn Clara dabei ist? Eine klassische Dreiecksbeziehung will ich nicht.
Ich habe keine Erklärung für die Anziehungskraft, die Johannes auf mich ausübt. Mein Wissen über Männer beschränkt sich auf eine kurze Beziehung, die in meinem Herzen eine große Leere hinterließ. Die Tränen und das Selbstmitleid sind schon vergessen.
Für jedes Schiff gibt es einen Hafen, sagte meine Oma. Auch für mich gibt es irgendwo auf der Welt einen Hafen der Sehnsucht und Romantik.
Ich nehme die letzten Meter zur Eingangstür des Museums. An der Kasse sehe ich einen Mann in Abendkleidung und frage höflich, ob eine Einladungskarte für mich bereit liegt.
»Bitte, kommen Sie herein, Frau Anastassopoulos«, lädt mich der Mann ein.
»Die Ausstellung ist im ersten Obergeschoss.« Ich gehe nach oben. Mein Blick wandert flüchtig umher und was ich sehe, versetzt mich in Staunen. Die Porträts an den Wänden, die Möbel, die Ausstellungsstücke, die Glasvitrinen.
Auf der letzten Stufe stehen ein paar Personen in Abendkleidung. Auf der linken Seite entdecke ich Johannes, der sich mit einem Mann unterhält. Er steht mit dem Rücken zu mir und ich spüre mein wild pochendes Herz. Das Blut pulsiert heftig in meinen Adern und meine Wangen werden rot.
Ich wünschte mir, dass sich Johannes nicht so schnell umdreht. Während ich mich im Raum orientiere, bemerke ich die Überraschung in seinen Augen. Er entschuldigt sich bei dem Gesprächspartner und kommt zu mir.

»Schön, dass du gekommen bist, Katerina.« Er reicht mir die Hand. »Du siehst fantastisch aus in diesem Kleid.«

»Danke, dass du mich eingeladen hast. Aber ich sehe deine Freundin nicht.«

»Clara ist geschäftlich nach München zum Verlag ihres Vaters gefahren. Sie kommt erst morgen Abend.«

Ich bin erleichtert.

»Die Ausstellung heißt Die Welt von Fabergé. Komm, ich stelle dir Herrn Ivanov vor, den Besitzer dieses Museums.«

Als ich den russischen Milliardär kennenlerne, habe ich noch absolut keine Ahnung, was ich hier sehen werde.

»Ich freue mich, dass Sie hier sind«, sagte er. »Hier sind die berühmten drei Fabergé-Eier aus Wien ausgestellt, Sie werden sie finden. Es ist kein Ostereisuchen, wie es in Deutschland der Brauch ist, aber es wird Ihnen gefallen«, sagt Herr Ivanov lachend, entschuldigt sich und eilt zu neu eingetroffenen Gästen, um sie zu begrüßen.

»Das Fabergé Museum hier ist das Einzige in Deutschland. Das größte befindet sich natürlich in Russland, in Sankt Petersburg. Russische Goldschmiedearbeiten sind in Europa sehr beliebt«, erzählt Johannes über die Fabergé Geschichte und ich sehe mein Spiegelbild in seinen Augen. Seine Worte strömen hervor und wandern in mein Inneres. Die Unsicherheit in mir ist wie eine Taube weggeflogen. Ich fühle mich geborgen.

»Die Fabergé-Eier wurden von Peter Carl Fabergé Mitte des neunzehnten Jahrhunderts für die Zarenfamilie in Sankt Petersburg angefertigt. Der Künstler unter den Juwelieren und seine Handwerker hinterließen mehr als zweihunderttausend Kostbarkeiten, darunter fünfzig Schmuckeier.

Heute sind die drei Eier aus dem Kunsthistorischen Museum in Wien und zwei aus diesem Museum zu sehen.«

Johannes macht eine Pause, nimmt meine Hand und fordert mich auf, mit ihm zu gehen.

Wir kommen zu einer Glasvitrine. Was sich dort befindet, raubt mir den Atem.

Das, was ich hier sehe, kenne ich von einem inneren Bild. Die Erinnerung an die Szene, die ich damals sah, reißt mich aus meiner Mitte. Wie aus einer anderen Welt dringt die Stimme von Johannes an mein Ohr.

»Das Rothschild Fabergé-Ei wurde 1902 als Verlobungsgeschenk von Beatrice Ephrussi de Rothschild an die Verlobte ihres Bruders angefertigt.

Herr Ivanov kaufte es 2007 für zwölfeinhalb Millionen Euro beim Auktionshaus Christie`s in London. Alexander sagt, es wäre das Schönste aller Fabergé-Eier.

Und dieses mit Gold und Diamanten verzierte Ei aus karelischer Birke wurde 1917 als Geschenk für die Mutter von Zar Nikolaus den Zweiten angefertigt. Da er abgesetzt wurde, konnte er das Ei nicht verschenken.«

»Katerina, ist was?«, unterbricht Johannes seine Erläuterungen und hält mich mit beiden Händen fest. Seine Augen sind wie ein tiefes Meer. Es beugt sich leicht zu mir, seine Nase berührt meine und seine Lippen finden meine Lippen. Wie eine leichte Brise fühlt sich der Kuss an. Ich schließe kurz die Augen, um mein Herz zu beruhigen.

Ich bin fasziniert. Von der Erzählung des Mannes, der neben mir steht, oder von seinen Lippen? Das muss ich herausfinden. Plötzlich überkommt mich ein Gefühl der Traurigkeit.

»Ich ... ich muss auf die Toilette«, stammle ich. Ausgerechnet jetzt küsst er mich. Ich wünschte mir, er hätte keine Verlobte. Ich muss die Feuchtigkeit unter meinen Augen abwischen, denke ich, und eile zur Toilette.

Er fühlt sich sehr wohl mit mir, sage ich mir. Es ist das Einfachste und Natürlichste auf der Welt, sich mit jemandem wohlzufühlen, der einem nahe steht.

Nachdem ich fertig bin, gehe ich langsam zurück zur Vitrine, wo Johannes wartet. Sein abwesender Blick lässt mich zweifeln.

»Entschuldige, ich fühle mich manchmal seltsam«, sage ich, um die plötzliche Flucht zu erklären. Ich bin froh, dass er nicht Gedanken lesen kann. Sonst würde er sich sehr amüsieren.

»Schon gut.« Er sieht mich kurz intensiv an und lacht dann. Seine Hand findet meine und zusammen betrachten wir die verschiedenen Exponate hinter den Glasvitrinen.

»Die äußerste Schale von diesem Ei besteht aus Heliotrop, auch Blutjaspis genannt, mit diamantenbesetzten Goldrocaillen ornamentiert. Das Innere enthält eine Miniaturnachbildung des Kreuzers Pamjat Azova, mit dem der damalige Zarewitsch Nikolaus 1890/91 die Welt umrundete«, liest Johannes vor und zeigt auf die Unterlage des Kleinodes.

»Eine schöne Farbe. Meine Oma hatte eine Kette mit solchen Edelsteinen.« Meine Stimme klingt ruhig und entspannt, wenn ich die Aufmerksamkeit auf Dinge richte, die mir gefallen.

Eine Flamme strahlt ihre Wärme in unseren Händen aus. Die Stunden danach vergehen für mich wie im Flug. Meine Hand fühlt sich in seiner warmen Hand geborgen. Mein knurrender Magen erinnert mich daran, dass ich seit Langem nichts gegessen habe.

»Was hältst du davon, wenn wir von hier verschwinden? Ich habe nämlich Hunger«, sage ich mit einer Stimme, die mir selbst fremd ist.

»Du kannst wohl Gedanken lesen, ich habe an das Gleiche gedacht. Wir müssen uns nur bei Alexander für die Einladung bedanken. Ich schaue mal, wo er ist.« Seine Augen suchen den Raum ab.

»Ich sehe ihn nicht, rufe ihn morgen an und bedanke mich dafür, ganz sicher. Lass uns zum Auto gehen.«

»Du hast für alles einen Plan, was?«, bemerke ich.

Er schaut kurz zu mir und sagt etwas wie: »Wer keinen Plan hat, wird zum Plan der anderen«.

»Und was ist jetzt dein Plan?«, frage ich und tue so, als hätte ich ihn nicht gehört.

»Lass dich überraschen, Katerina.« Wir laufen in dem warmen hellen Sommerabend in Baden-Baden zum Parkhaus, wo er sein Auto abgestellt hat.

Eine Stunde später sitzen wir gemütlich im Emaille am Europaplatz in Karlsruhe, mein Lieblingslokal in meiner Nähe.

Wir plaudern und ich entdecke viele Gemeinsamkeiten, als er anfängt, mit Begeisterung über die Kunstgeschichte der Antike, über Säulen und die Akropolis, über moderne Architektur, seine Träume und Projekte zu sprechen.

Die Teller mit dem auf der Speisekarte angepriesenen Hammer-Essen stehen vor uns und warten darauf, vertilgt zu werden. Ich betrachte seine Hände, wie sie sich bewegen, wenn er redet.

Es ist genauso wie bei den Italienern. Wenn sie reden, reden sie mit dem ganzen Körper. Dabei bringen die Gesten versteckte Botschaften zum Ausdruck. Ist er Italiener? Ein waschechter Italiener? Bei dem Gedanken lache ich laut.

»Habe ich etwas Falsches gesagt?«, reagiert er sofort und sieht wie ein kleines Kind aus, das nicht sicher ist, ob es einen Fehler gemacht hat.

»Es ist alles in Ordnung, ich habe mich nur gefragt, ob du italienische Wurzeln hast. Dabei ist mir eine Szene mit einem lustigen Italiener in den Sinn gekommen«, lüge ich und wundere mich, wie erfinderisch ich in diesem Moment sein kann.

»Tatsächlich habe ich italienisches Blut. Meine Uroma ist in Apulien geboren und dort ist sie auch beerdigt. Sie ist mit ihrem Mann nach Deutschland ausgewandert und ich bin die vierte Generation, die bereits Wurzeln in Deutschland hat. Ich war nur einmal im Urlaub dort«, antwortet er auf meine stummen Fragen und beendet schnell seine Familiengeschichte. Ich lache und fange an zu essen. Er noch nicht. Seine Augen brennen in mir und ich habe das Gefühl, er erforscht mein Leben und möchte mehr und mehr über mich wissen. Ein Besteck vom Nachbartisch fällt auf den Boden und reißt ihn aus der Betrachtung.

»Es schmeckt anders als in Italien«, bemerkt er und beginnt zu essen.

»Mein Mitbewohner Fabrizio kocht manchmal für uns.«

»Ah, wie konnte ich es vergessen.«

»Was?«

»Dass du noch Studentin bist«, sagt er in erstem Ton, sodass ich lachen muss. Er schaut wieder tief in meine Augen.

Wie die unter Zeitdruck stehenden Studenten sind wir schnell mit dem Abendessen fertig, die Gläser sind auch leer. Seine Einladung, dass ich mit zu ihm nach Hause gehe, erscheint mir als etwas ganz Natürliches zum Abschluss des Abends. Ich freue mich. Jetzt habe ich die unerwartete Gelegenheit, seine Wohnung zu sehen.

Sie liegt direkt im Zentrum von Karlsruhe, über der Stadtapotheke, im zweiten Stock, und ist riesig groß für eine Person. Als wir eintreten, riecht es nach Frische und Putzmitteln.

»Die Putzfrau war da, obwohl ich ihr gesagt hatte, morgen zu kommen«, sagt er verärgert.

»Vielleicht hat sie die Tage verwechselt.«

»Tatsächlich, sie ist Indonesierin. Kann sein, dass sie mich nicht richtig verstanden hat.

Gut, dass alles sauber ist. Komm, ich zeige dir mein Zimmer.«

Dort angekommen, geht er aber gleich in die Küche, schenkt zwei Gläser Rotwein ein, kommt zurück und gibt mir eins davon. Ich trinke einen kleinen Schluck und sehe, wie er mich anstarrt, ohne zu trinken.

Ich bin ihm dankbar, dass er solche Floskeln nicht ausspricht, wie schön ich sei und ähnliche Komplimente. Das könnte meine hin und wieder aufkommenden Fluchtimpulse verstärken.

Johannes trinkt langsam einen Schluck und stellt das Glas auf die Fensterbank.

Seine Nähe zu spüren, erhitzt mein Blut und lässt meinen Puls in die Höhe schnellen.

Seine Finger machen eine Erkundungsreise über meine Lippen. Langsam, wie ein Künstler, um alles in sich aufzunehmen, für später, wenn er es aufs Papier überträgt. Ich stehe wie versteinert da, warte und möchte den Moment unendlich ausdehnen und im Gedächtnis bewahren, obwohl ich mir auch wünsche, dass wir bald zusammen sind.

Er nimmt mir das Glas behutsam aus der Hand, stellt es neben seines und macht einen Schritt zu mir. Diesmal umarmt er mich und sein Kuss ist wieder leicht wie vorher im Museum.

Sein Mund öffnet sich auf der Suche nach meiner Zunge. Die Knie werden mir weich und in meinen Ohren klopft der Puls. Eine heiße Welle überflutet mich. Er küsst mich immer noch, während seine Hände abwärts wandern, er nimmt mein Kleid und zieht es nach oben, ohne den Kuss zu unterbrechen.

Als ich bereit bin, ihn genauso leidenschaftlich zu küssen, hört er auf. Macht einen Schritt zurück und zieht mir das Kleid über den Kopf aus, zu ungeduldig, um den Reißverschluss zu suchen.

Es segelt wie ein Papierflieger zu Boden. Während ich mit zitternden Händen sein Hemd aufmache, befreit er sich von Hose und Socken. Sie landen in der Nähe meines Kleides. Seine fieberhaften Bewegungen machen mich nervös und gleichzeitig hungrig. Nach ihm.

Ich nehme außer ihm nichts wahr von seiner Wohnung. Bald verschwindet alles in einer Umarmung und Vereinigung von Körpern, die nur ein Ziel haben, zu verschmelzen.

An unsere Stunden danach habe ich keine klare Erinnerung, außer, dass ich in seinen Armen lag und eingeschlafen bin. Wie ein Baby. Ohne Albtraum und ohne Angst.

Ein Sonnenstrahl hat sich ein Plätzchen auf meiner Bettseite ausgesucht und kitzelt meine Nasenspitze. Während ich langsam die Augen öffne, rieche ich Kaffee und Toastbrot.

Ich taste nach der anderen Betthälfte, aber sie ist leer. Nicht schon wieder ein One-Night-Stand. So habe ich mir unsere Nacht nicht vorgestellt.

Ich vermute, dass er in der Küche auf mich wartet und das Frühstück vorbereitet. Es riecht himmlisch. Woher weiß er, dass dies meine Lieblingsdüfte am Morgen sind? Ich versuche, mich zu erinnern, ob ich es ihm gesagt habe, stehe auf und gehe barfuß in die Küche.

Er ist nicht da. Auf dem Küchentisch liegt eine Botschaft, dass nebenan ein schön gerichteter Teller mit Rührei, Käse, Bruschetta, einer Tasse duftenden Kaffees und einem kleinen Ei wartet.

Das kleine Ei ist etwa drei Zentimeter groß und ein prächtiges Kunstwerk in Grün, Gelb und Blau, mit einem Äquator aus winzigen Perlen. Daneben entdecke ich einen weiteren zusammengefalteten Zettel, den ich unberührt lasse. Ich möchte nicht wissen, welche Botschaft er enthält.

Ich nehme das Ei sehr vorsichtig in meine Finger und drehe es. Ist das die Kopie eines Fabergé-Eis oder ein Original? Wer hat dieses Ei so filigran mit Silber verziert? Was für ein Mensch war der Goldschmied, hatte er eine Geliebte oder eine Familie? Was wollen mir die Perlen über die Zeit erzählen, in der das Ei entstanden ist? Was will mir Johannes mit diesem Ei sagen? Was wünscht er sich für uns beide? Gibt es überhaupt uns beide, obwohl er verlobt ist?

Während mir diese Gedanken durch den Kopf schwirren, lasse ich das Ei, wo ich es gefunden habe.

Dann trinke ich einen Schluck Kaffee und gehe ins Bad, um mich frisch zu machen. Das Schlafzimmer mit seinen opulenten Tapeten und italienischen Designermöbeln wirkt immer noch einladend. Die Bettwäsche in Königsblau und Weiß erinnert mich an einen Aufenthalt in Griechenland. Damals schenkte mir meine Mutter ein Ticket, damit ich nach Santorin fliegen konnte. Es war für meinen achtzehnten Geburtstag und ich wollte unbedingt mit ein paar Freunden in Griechenland feiern. In unserem Hotel gab es solche schönen Farben.

Ich fische meine Kleidungsstücke, eines nach dem anderen, vom Boden auf. Dabei überkommt mich die Gewissheit, dass das, was in der Nacht geschah, nicht zu Ende ist.

Auf der Suche nach meiner Tasche durchquere ich noch mal die Küche und komme in den Flur, wo ich Schuhe und Tasche finde. Als sich die Tür hinter mir mit leichtem Geräusch schließt, habe ich es plötzlich eilig, an die frische Luft zu kommen.

Meine Füße finden von alleine die Kaiserstraße, wo eines der Klaviere der Aktion Spiel mich steht.

Ich fühle mich leicht, mein Kopf ist leer und der Wunsch nach Klavierspielen ist stärker als alles andere auf der Welt. Ich bemerke kaum die Fußgänger, die überall um mich herum sind. Die Sommersamstage sind für viele Menschen wie ein Kurzurlaub in der Stadt. Ich überquere die Kreuzung am Europaplatz und laufe in Richtung Durlacher Tor.

Diesmal sitzt am Klavier ein junger Chinese und übt für seine Prüfung Mozart. Ich frage mich nicht mehr, woher ich das weiß. Ich behalte es für mich und hoffe, dass der Platz am Klavier bald frei wird.

Warten war nie meine Stärke. Hier zu sein und zu sehen, wie der junge Mann ein paar falsche Tasten anschlägt und seine Lippen dabei unbewusst eine Form annehmen, die einem Kuss ähnlich ist, belustigt mich.

Ich beobachte, wie er mit Eifer und Disziplin an die Musik herangeht, und möchte ihm sagen, dass er sein Herz vergessen hat. Er merkt selbst, dass es nicht so rund läuft, steht auf und nimmt seine Sachen, den Kopf gesenkt. Als er mich wahrnimmt, lächle ich ihn an. Er sagt nur ein leises »Hallo« und geht rasch davon.

Das Gefühl der Leichtigkeit von vorhin begleitet auch meine Schritte zum Klavier. Jetzt kommt mein kleines Ritual; ich beginne nicht gleich zu spielen, sondern halte für eine Weile die Hände über den Tasten in der Luft. Das mache ich hier jedes Mal so. Es ist wie eine magische Geste, die mein Herz, meine Wünsche und meine Hände verbindet. Danach gibt es nur Musik. In allen Facetten und Fasern meines Körpers.

Die Finger finden heute den Weg zu einer Melodie von Ludovico Einaudi, dem italienischen Komponisten. Ein weltberühmter Künstler unserer Zeit. Seine Primavera zu spielen, ist für mich Leichtigkeit und Verbundenheit der Seelen auf einmal.

Ich wünschte mir, Johannes wäre da und hörte, was ich für ihn spiele. Für all die wunderschönen Momente und die Nacht, die wir hatten.

Seine Augen haben in meinen eine tiefe Vertrautheit und Leidenschaft gefunden. Jede Frau würde glücklich sein, so einen gut aussehenden Mann bei sich zu haben, der sie beschützt, liebt und ihre Wünsche erfüllt.

Was würde ich machen, wenn er nicht verlobt wäre? Daran möchte ich nicht mal denken. Die Musik strömt aus meinen Fingern und im Augenwinkel bemerke ich, wie sich ein paar Menschen versammeln, um das Stück zu hören.

Die Karlsruher sind Kenner italienischer Musik. Ich kann mir vorstellen, dass manche der Zuhörer den Komponisten kennen und lieben. Die letzten Akkorde erklingen und ich mache eine schöne Überleitung als kleine Interpretation zu Divenire.

Immer mehr Menschen strömen herbei, um mir zuzuhören. Ihre Blicke hängen an meinen Fingern, die sich wie Balletttänzer auf den Tasten bewegen.

Mich erfüllt Frieden und der Wunsch zu fliegen. So kommt mir die nächste Melodie in den Sinn, die ich spielen möchte, Fly. Sie gibt mir ein Gefühl von Intensität und ich merke langsam, wie mich die Sehnsucht nach Johannes ausfüllt.

KAPITEL 6

In den kommenden Tagen fühle ich mich wie in einem Wirbelsturm aus blank liegenden Nerven, unerledigten Aufgaben, unbezahlten Rechnungen, Fabrizios Ausreden und meinem Praktikum.

Die Nacht mit Johannes scheint nur ein Traum gewesen zu sein. Meine Zweifel und Vorwürfe, warum ich den Zettel nicht gelesen habe, lassen mir keine Ruhe. War das Ei, das Kleinod neben dem Besteck, für mich als Andenken gedacht?

Ich hoffe, dass er mich versteht und sich bei mir meldet, obwohl er verlobt ist. Diese Clara, was für ein Mensch ist sie? Sind sie beide so verliebt, dass sie ohne den anderen nicht leben können?

Das bringt doch nichts, wenn ich mir den Kopf zerbreche und ständig darüber nachdenke. Ich komme mir wie eine Frau vor, die ihr Leben nach den Anrufen eines Mannes richtet und wartet.

In den Abendstunden gehe ich wieder zum Gold. Vielleicht kommt Johannes vorbei. Dieser hoffnungsvolle Gedanke treibt mich zur Eile an, schnell laufe ich ins Bad. Mich hübsch zu machen, gehört zu meinen Lieblingsbeschäftigungen. Ich kann die Zeit fürs Make-up unendlich dehnen und vergessen, dass ich pünktlich weggehen muss. Der Wunsch, gut auszusehen, ist ein ausgeprägtes Bedürfnis, dem alle jungen Menschen folgen, genau wie ich.

Zu wissen, dass ich gut aussehe, wenn es für mich um eine wichtige Angelegenheit oder Beziehung geht, gibt mir Sicherheit.

Als ich schließlich fertig mit Anziehen und Schminken bin, ist es spät geworden. Der Chef vom Gold erwartet mich, die Gäste ebenso. Einen Sprint hinzulegen bringt jetzt genauso wenig wie eine Entschuldigung.

In der Bar angekommen, treffe ich Christine, die dort bedient.

»Hallo, Katerina«, sagt sie und ich bin ihr dankbar, dass sie mich in Ruhe lässt.

»Ein Mann suchte dich. Er hat ein kleines Päckchen für dich dagelassen.«

»Hat er noch etwas gesagt?«

»Er hatte es eilig, wollte seine Verlobte vom Flughafen Baden-Baden abholen.« Christine sieht mich fragend an, holt aus ihrer Schürze ein rosa Päckchen und gibt es mir.

So bedankt er sich für unsere gemeinsame Nacht? Es gab kein gemeinsames Frühstück und gemütliches Beisammensein. Es gab keinen Kuss zum Abschied und keine Verabredung zu einem neuen Treffen. Das hätte ich doch eigentlich erwarten dürfen, oder?

»Wach auf, Katerina!«, würde meine Oma sagen, wenn sie jetzt da wäre.

»Es ist alles anderes, nicht so wie in meiner Jugend.« Vielleicht hat sie recht. Meine weitblickende, weise Oma Eleni.

Dieses Gefühl, geborgen und sicher zu sein, hat mich in eine Welt katapultiert, in der ich noch bleiben möchte. Wenn ich nur daran denke, wie seine Augen auf mich gerichtet waren, wie sich die Küsse und Zärtlichkeiten anfühlten, wird mir bewusst, was für ein Glück es für mich ist, so etwas zu erleben. Ich wünschte, diese Nacht mit ihm hätte eine Ewigkeit gedauert. Ich stehe immer noch da, im Gold, mit dem Päckchen in der Hand.

Christine ist verschwunden und ich muss die Gäste unterhalten mit meinem Klavierspiel. Das Päckchen kann warten, in meinem Rucksack ganz unten versteckt. So ein Kunstwerk muss man sicher aufbewahren. Ist es unser Treffen wert? Hat er auch seiner Verlobten so ein Kleinod geschenkt?

Diesen Abend spiele ich Chopin, meine Lieblingsstücke von ihm. Als die Musik erklingt, vergesse ich alles um mich herum und schwebe in einer Wolke von Gefühlen, eingehüllt von der Sinnlichkeit der vergangenen Nacht. Aus der Welt kann mich keiner vertreiben. Nicht mal die Frau, die für Johannes bestimmt ist. Er behauptet, mich zu kennen. Woher will er das wissen? Ist es möglich, dass er mich kennt, oder ist es Liebe auf den ersten Blick? Ich glaubte nicht daran. Zumindest bisher. Ich wünsche mir, dass sich diese Nacht wiederholt.

Wenn die Gäste hier wüssten, was in meinem Kopf vorgeht und wie mein Herz schlägt, würden sie mich losschicken, um das Telefon zu nehmen und anzurufen.

Nach dem Klavierspiel schaue ich erwartungsvoll auf das Display meines Handys. Nichts. Die Enttäuschung trifft mich wie ein Messerstich ins Herz. Ich reiße mich zusammen; die Gäste und mein Chef sollen mir nichts anmerken. Ich trinke schnell einen Orangensaft, nehme meine Sachen und tauche in die Sommernacht ein. Mein Kopf ist leer, der ganze Körper schmerzt.

Als ich die Kreuzung am Durlacher Tor überquere, klingelt mein Handy. Es ist in meiner Jackentasche und ich hole es schnell heraus.

»Hallo Katerina, ich bin`s. Johannes«, höre ich seine Stimme.

Mein Schweigen nimmt er für ein Zeichen, dass ich am Telefon bin und erwarte, dass er weiterredet.

»Hast du das Päckchen bekommen? Du hattest das Geschenk heute Morgen bei mir vergessen.«

»Hallo Johannes«, mehr schaffe ich nicht zu sagen und merke, wie meine Knie weich werden und anfangen zu zittern. Meine Stimme ist heiß und trocken, die Hände fangen an zu kribbeln und das überträgt sich auf die Füße. Der ganze Körper glüht wie im Fieber. Ich habe das Gefühl, dass das ganze Gesicht rot wird.

Ein einfaches Telefonat bringt mich total aus dem Konzept und versetzt mich in einen Wirbelsturm der Gefühle.

Was soll ich ihm jetzt sagen? Soll ich sofort Schluss machen? Was soll das heißen, dass er mir ein Geschenk macht? Will er mich so für sich gewinnen, oder ist das eine Geste, der Ausdruck eines respektvollen Menschen, der mich ausgewählt hat, mit ihm zusammen zu sein?

»Ich wollte wissen, wie es dir geht nach unserer Nacht. Es war schön mit dir, Katerina, sehr schön«, sagt er nun. »Ich möchte dich wiedersehen.«

»Sag mal, findest du es nicht seltsam, dass du mir solch ein Geschenk machst? Ich kann es nicht annehmen, es kostet sicher eine Menge Geld«, antworte ich und mir wird bewusst, dass ich das Geschenk nicht akzeptieren kann. Ich bin nicht mal seine Verlobte oder Frau oder eine Person in seinem Leben, die es verdient, das wertvolle Kunstwerk zu besitzen.

»Sicher kannst du es nehmen. Alexander Ivanov hat mir das Ei aus Russland mitgebracht. Das bekommst du und keine andere.«

Obwohl ich heftig widersprechen möchte, schafft er es, mich zu entwaffnen. Einen weiteren Versuch ist es wert, denke ich.

»Was sagt deine Verlobte dazu? Weiß sie das?«

»Katerina, lenke bitte nicht vom Thema ab. Ich rede über dich, über uns.«

»Gibt es ein uns? So schnell?«, spreche ich meine Gedanken aus.

»Du hast es wohl vergessen, Katerina; ich wusste es schon am ersten Abend, als wir uns im Gold gesehen haben und ich mit dir sprechen wollte. Wir sind für einander bestimmt. Wir gehören zusammen. Das weiß ich.«

»Johannes... es geht mir zu schnell.«

»Ich verstehe.« Vom anderen Ende der Leitung spüre ich seinen Schmerz als Stich in meinem Herz.

»Lass uns noch mal telefonieren, Katerina«, sagt er und danach höre ich nichts mehr, weil ich die Verbindung unterbrochen habe.

Eine Minute später bekomme ich eine SMS: »Ich denke an dich. Es ist schön mit dir.«

Mich überrollt eine Gefühlswelle, die ich nicht stoppen kann. Meine Schritte werden schneller und schneller. Plötzlich renne ich so schnell, als ginge es um mein Leben.

Außer Atem öffne ich die Wohnungstür, stürme hinein und renne fast Fabrizio um, der Timo etwas erzählt und dabei wild mit einem Kochlöffel herumfuchtelt.

Von dem Löffel tropfen die roten Tränen der Soße, die für die Spaghetti bestimmt ist. Das Lachen der beiden verstummt plötzlich. Sie starren mich an.

»Katerina, alles in Ordnung? Bist du überfallen worden? Was ist los? Sag schon«, Fabrizio hat seine Sprache wiedergefunden.

Immer noch außer Atem lasse ich mich auf den Küchenstuhl fallen, mein Rucksack landet daneben.

»Der spinnt doch. Ich glaube ihm kein Wort«, platze ich heraus.

»Gott sei Dank, du bist nicht verletzt. Komm mal runter«, beruhigt mich Fabrizio und hält dieses Mal den Löffel in einer friedlichen Position.

Timo holt ein Bier aus dem Kühlschrank, öffnet die Flasche und stellt sie vor mein schwitzendes Gesicht. Erst jetzt bemerke ich die Absurdität der Situation.

»Cara mia, kommt zu mir und beruhige dich«, sagt Fabrizio. Er umarmt mich und ich nehme wahr, dass er nach Soße riecht.

»Stell bitte deinen Löffel in den Topf, die ganze Küche ist voll mit Ketchup«, sage ich, obwohl ich weiß, dass Fabrizio es hasst, wenn ich seine Soßen als Ketchup bezeichne.

»Machst du Witze?«, fragt er beleidigt.

»Das ist die beste italienische Spaghettisoße in ganz Karlsruhe. Das weißt du, Katerina.« Trotzdem geht er zum Topf, stellt den Löffel hinein und rührt automatisch um, mit dem Kopf zu uns. Danach schaut er, was im Topf passiert.

Timo und ich brechen in Lachen aus und sehen, wie sich das Gesicht von Fabrizio verändert. Er lacht nun ebenfalls und schüttelt den Kopf.

»Entschuldige, mir ist etwas Seltsames passiert«, versuche ich, die Wogen weiter zu glätten.
»Du hast den Jackpot geknackt«, rät Timo.
»Du planst, eine Bank zu überfallen«, sagt Fabrizio.
»Du hast deinen Professor dazu gebracht, dir eine Eins zu geben«, fährt Timo grinsend weiter.
»Hört auf!« Fabrizio, dieses Schlitzohr, gibt nicht auf.
»Amore mio, du hast dich verliebt«, pokert er. Als ich immer noch nichts sage, fragt er noch mal nach.
»Na, sag schon. Sonst verhungern wir hier alle noch.«
»Ich weiß es nicht, Fabrizio. Es war sehr schön. Ich habe mich wohlgefühlt. Seine Augen...«
»Mamma mia, du hast dich verliebt, Katerina!«, Fabrizio wackelt mit den Ohren.
»Wer, ich? Unmöglich. Nach einer Nacht? Du redest Unfug, Fabrizio.«
»Wir Italiener verstehen etwas davon. Glaub es mir, cara mia, du wirst krank.«
»Was? Ich bin doch kerngesund, was redest du da?«
»Du wirst ja sehen, Katerina.« Er geht zum Schrank und holt Teller für die Spaghetti, rührt wieder genüsslich mit dem großen Holzlöffel im Topf und ich sehe, dass er das mit Leidenschaft macht.

Diese verdammten Italiener, sie verstehen was vom Leben, denke ich. Endlich schöpft Fabrizio die gekochten Spaghetti, wir essen und müssen zum hundertsten Mal seine Kindheitserinnerungen anhören.

Als ich in meinem Zimmer bin, setze ich mich auf die Bettkante. Die Zeit hört auf zu existieren, ich bin da und gleichzeitig nicht. Die Bilder der Nacht mit Johannes, seine Haut und die Augen, das macht mich unsicher. Ein durchtrainierter Männerkörper wie seiner ist der Traum vieler Frauen. Oder zumindest junger Frauen wie ich, die sich von solchen tief verwurzelten Männerkörper-Stereotypen beeindrucken lassen. Manchmal genügt ein Moment, um zwischen zwei Körpern eine unwiderstehliche Anziehungskraft entstehen zu lassen. Und wo ist der Geist, bitte schön?, frage ich mich. Wo ist die Vergangenheit und wo bleiben unsere Erinnerungen?
Woher wusste ich, was passieren wird? Und warum habe ich mich trotzdem darauf eingelassen? Eine neue Beziehung zu einem Mann ist das Letzte, was ich jetzt brauche, denke ich. Obwohl ich mir das sehr wünsche.

Meine Oma sagte oft, dass, wenn es passiert, dann alles auf einmal. Wenn es nicht passiert, warte ab und bereite dich darauf vor.

In meinem Leben gibt es momentan ja viele Baustellen. Das Studium, die Wohnung, das Klavierspielen, Johannes. Soll ich ihn als Baustelle betrachten?

Auf der Bettkante zu sitzen und darüber nachzudenken, wie es dazu gekommen ist, dass ich das Gefühl habe, die Kontrolle zu verlieren, ist so wie beim Drachen steigen lassen. Der Drache der Gedanken ist in der Luft und schwebt. Irgendwann hängt er auf einem Baum oder landet direkt auf dem Boden.

Ein Glockenschlag holt mich aus den Grübeleien. Mitternacht.

Die Aufgaben, die ich zu erledigen habe, brauchen einen klaren, ausgeschlafenen Geist und keinen Wattekopf.

Ich stehe auf, suche nach dem Fläschchen mit Rosenöl, das ich als Geschenk von einer bulgarischen Studentin bekommen habe. Es muss irgendwo auf dem Regal neben dem Fenster sein. Dort bewahre ich wertvolle Gegenstände auf. Als ich das Fläschchen finde, freue ich mich richtig darauf, ein paar Tropfen auf die Innenseiten meiner Hände zu tupfen und den Duft wahrzunehmen. Manchmal gebe ich vor dem Schlafengehen ein paar Tropfen des kostbaren Rosenöls auf Hände oder Stirn. So kann ich in der Nacht von dem träumen, was ich mir wünsche. Das war ein Tipp meiner Freundin, die das Rosenöl aus dem Tal der Rosen in Bulgarien hat. Nur für einen Tropfen opfern viele Rosenblätter ihre duftende Essenz, um in nächtlichen Träumen weiter zu leben. Ich atme ein paar Mal tief ein und kuschle mich in mein Kissen.

Der Wind, der vom Meer kommt, ist so stark, dass ich kaum atmen kann. Die Mittagssonne brennt heiß auf meinen Kopf. Ich laufe einen steinigen Weg hinauf, der menschenleer erscheint. In der Nähe höre ich einen einsamen Esel, der klagende Schreie ausstößt. Esel sind bei uns begehrte Tiere. Sie werden oft verschenkt oder als Opfergabe dargebracht. Unser Nachbar hat einen Esel und ich schaue ab und zu in den Stall, was das Tier macht.

In dem Haus, wo ich wohne, sind nur Frauen. Das Haus wurde meinen Priesterinnen vom Okatelrat als Geschenk überlassen.

Meine Mutter hat mich als Sklavin geboren.

Ich wurde von den zwei Priesterinnen Evgenia und Maria großgezogen. Alles, was ich in meinem Leben erreicht habe, verdanke ich diesen beiden Frauen.

Ich laufe auf der heiligen Straße zum Tempel. Dort erwartet mich ein Priester. Ich will da nicht hin. Meine Hände fangen an zu zittern. Das überträgt sich auf den ganzen Körper. Bis in die Haarspitzen spüre ich Todesangst.

Von unten kommt zu mir das Geschrei einer Frau: »Lauf Filo, lauf!« Ich erkenne die Panik in der Stimme. Das ist Alisia, die Freundin von Maria. Sie ist auch Orakelpriesterin.

»Lauf!«, höre ich zum letzten Mal und einen Schrei.

Mehr nicht. Was ist los mit Alisia? Warum muss ich laufen?

Ich erhöhe die Geschwindigkeit, renne außer Atem nach oben und atme kurz und flach.

Schweißtropfen laufen über mein Gesicht und ich weiß, ich renne ums Leben.

Diesmal war der Albtraum kurz, aber mir scheint es eine Ewigkeit gewesen zu sein.

Was ist nur mit mir los?

Warum träume ich nur immer wieder von denselben Orten und Menschen? Ich bin im Traum anders. Schlank, mit weißer Haut und blondem Haar. Die Kleider sind auch anders.

Plötzlich schrecke ich aus meinem halb wachen Zustand auf. Von der schnellen Bewegung im Traum habe ich Schwindel bekomme und mir wird übel. Hoffentlich werde ich nicht krank. Das fehlte jetzt gerade noch.

Der Schwindel lässt die Wände und alle Gegenstände im Zimmer rotieren.

Während ich versuche, mit der Hand die Wand zu erreichen, jagen Bilder durch meinen Kopf, die ich nicht steuern kann.

Ich hänge in der Luft über unserem Haus im Griechenland. Im Garten sind ein paar weiße Statuen von griechischen Göttern.

Das Gras ist trocken, Pflanzen, die damals eine geheimnisvolle Atmosphäre verliehen, sind verdorrt. In der Nähe der Eingangstür befindet sich ein Brunnen. Das war mein Lieblingsspielplatz. Vom Spiel mit Wasser konnte ich als Kind nicht genug bekommen.

Mein Blick richtet sich ins Innere des Hauses und ich gehe hinein. Im dunklen Flur sehe ich die Familienfotos von Mutter und Vater, Bilder von vielen unbekannten Menschen. Links und rechts sind zwei blaue Türen, die offen stehen.

Ich gehe durch die linke Tür. Die Düfte, die ich rieche, benutzte meine Oma Eleni immer, wenn hilfesuchende Menschen bei ihr waren, die ihren Rat brauchten.

Der schönste Gegenstand im Zimmer ist ein dreibeiniger Holztisch. Die Farbe ist so dunkel, dass ich kaum erkennen kann, was für Verzierungen eingraviert sind.

Von meinen Träumen weiß ich schon, was ich da sehen werde. Die Tischplatte schmückt ein Lorbeerzweig, der in die Beine des Tisches übergeht.

Auf dem Tisch erkenne ich eine Kristallkugel, eine weiße Kerze und ein kleines Kästchen. Ich brauche es nicht zu öffnen, ich weiß, was drin ist. Ich weiß es einfach.

Die Orakelbohnen meiner Oma waren weit über unser Dorf hinaus bekannt. Manchmal traf ich Frauen ganz in Schwarz, die schweigend vorbeieilten.

Die besorgten Gesichter der Menschen, die kamen, und wenn sie weggingen, die Ruhe und Gewissheit, die sie ausstrahlten, da sie nun wussten, was zu tun ist. Daran erinnere ich mich jetzt.

Einmal kam eine Frau mit einem Jungen in meinem Alter, der kurze braune Hosen und ein T-Shirt trug. Der Junge sah sehr blass aus und blickte mich unverwandt an, als wüsste er etwas über mich.

»Du bist Katerina«, sagte er und lachte, trotz seiner besorgten Mutter, »ich kenne dich.«

»Hallo«, grüßte ich die beiden. Damals war mir nicht klar, was der Junge meinte. Ich erinnere mich noch heute an ihn. Voller Neugier lauschte ich an der Tür meiner Oma. Nichts. Kein Ton.

Ich wartete so lange, bis sich die Tür öffnete und der Junge herauskam.

»Katerina, komm!«, sagte er und fasste meine Hand. Wir gingen in den Garten und er setzte sich auf die Bank, die in der Nähe des Brunnens stand.

»Mir bleibt nicht so viel Zeit. Du wirst meinen Wunsch erfüllen.«

»Wie heißt du?«, fragte ich endlich. Ich hatte das Gefühl, dass der Junge sehr gerne bei mir ist.

»Jorgos.«

»Und dein Wunsch?«, fragte ich.

»Baue eine Brücke, die Menschen verbindet. Du kannst es.« Jorgos sprach wie ein Erwachsener.

Ich verstand nichts und war sehr still.

»Bist du krank?«

»Davon reden wir nicht.« Bevor ich ihn fragen konnte, was für eine Brücke, aus Bauklötzchen oder aus Stein, kam seine Mutter heraus und sagte, es sei an der Zeit, nach Hause zu gehen.

»Oma, wer waren diese Menschen?«, wollte ich wissen.

»Dein hübscher Kopf wird irgendwann verstehen, mein Kind.« Hinter solchen Sprüchen versteckte sie sich und sagte nie richtig, was los ist. Es scheint eine Familientradition zu sein.

Keiner redet über die wichtigsten Dinge oder Menschen im Leben; man findet Ausflüchte oder schweigt.

»Kennst du diese Leute, die da waren?«, bohrte ich weiter.

»Nein, mein Kind. Es spielt keine Rolle, ob ich sie kenne oder nicht.«

»Komm, lass uns leckere Pfannkuchen machen«, lenkte sie mich Oma ab.

Die Erinnerung an dieses seltsame Treffen bohrt weiter in meinem Gedächtnis. Jorgos Mutter trug schwarz. Hat sie jemanden verloren? Ihren Mann, oder ein Kind? Die Mutter des Jungen ist aus Not zu meiner Oma gekommen. Mit ihrem Sohn, der nicht mehr lange leben wird. Das weiß ich jetzt.

Was für einen seltsamen Wunsch dieser Jorgos hatte. Warum sollte ausgerechnet ich seinen Wunsch erfüllen? Dieser Wunsch bedeutete ihm sehr viel. Eine Brücke zu bauen, ist eine Aufgabe für Architekten. Wie vom Blitz getroffen, begriff ich, was der kleine Junge meinte.

Ich, die junge Architekturstudentin, könnte irgendwann eine reale Brücke in der Welt bauen. Es ist möglich. Eine Brücke verbindet Menschen von zwei Orten und dient als Zwischenraum, der für kurze Zeit benutzt wird. Danach folgt jeder weiter seinem Ziel oder seiner Richtung.

Jorgos hat gesehen, dass ich das kann. Das heißt, dass er auch gesehen hat, dass ich Architektur studieren werde. War er ein unerkannter Hellseher? Oder nur ein sensibler Junge, der seine Lebensträume nicht leben konnte?

Warum erinnere ich mich jetzt an unser Haus? An meine Oma? An diesen Jorgos?

Die Vergangenheit spinnt ein Netz um mich herum. Mein Körper fühlt sich schwer an, wie ein Stein.

Mein Blick ist auf die Tür fokussiert und mir wird bewusst, dass ich noch in meinem Zimmer in Karlsruhe bin.

KAPITEL 7

Ich lasse die Vorlesung sausen. Mein Ziel ist die Kaiserstraße. Da wartet das Klavier auf mich.

Das Chaos in mir ist perfekt. Zuerst der Kuss, danach die Nacht mit ihm, das Ei und die Nachricht von Johannes. Alles vermischt sich in einem inneren Sturm, der mich total aus der Bahn wirft.

Ich habe mir im Grunde meines Herzens gewünscht, dass Johannes mich anruft oder unverhofft auf mich wartet und mich überrascht. Das ist natürlich unmöglich, weil er verlobt ist. Die Verlobte – Clara – wird bestimmt da sein und seine ganze Aufmerksamkeit für sich fordern.

War die Nacht mit mir nur eine Abwechslung von seiner Beziehung, oder suchte er tatsächlich für sich den Weg zur wahren Liebe?

Wie er mich anschaute, als wir im Museum, beim Essen und als wir bei ihm waren, als wollte er alles von mir wissen.

Während ich über diese Fragen nachgrübele, ziehe ich mich schnell um, mache meinen Rundgang durch Bad, Küche und mein Zimmer und springe wie ein Korken aus der Champagnerflasche auf der Treppe nach unten zum Fahrrad. Wie schnell ich bin, das wundert mich selbst.

Das Klavierspielen beruhigt mich, bringt mich in meine Mitte und hilft mir, Entscheidungen zu treffen. Bestimmt wird es auch heute so sein.

Die sich wiederholenden Albträume machen mir Angst. Die Bilder, die ich sehe, sind so real, dass sie mir das Gefühl geben, sie passieren im Hier und Jetzt. Die Parallelwelt, in der ich gerade stecke, lässt in mir Zweifel aufkommen und eine Fülle von Fragen.

Wer bin ich? Woher weiß ich, was passieren wird? Warum habe ich das Gefühl, es schon einmal erlebt zu haben?

Ich möchte endlich wissen, was mit mir los ist. Hat Fabrizio recht, dass ich krank werde?

Tief in meinem Inneren weiß ich, dass es etwas gibt, das uns hilft, im alltäglichen Leben mit uns selbst im Frieden zu sein.

Im Rückblick wird mir klar, dass ich die Fähigkeit des Voraussehens schon immer besaß.

Mein Wissen über Menschen und kommende Ereignisse war so selbstverständlich, dass ich das als Teil von mir wahrnahm und mir keine Gedanken machte. In der letzten Zeit ist jedoch so viel passiert, dass ich die Tatsachen nicht mehr ignorieren kann und mich dem Ganzen stellen will.

Die Albträume, die vor Kurzem anfingen, die Erinnerungen an unser Haus in Griechenland, das Treffen mit Johannes und die Nacht - das alles geschieht in der Gegenwart.

Ich habe das Gefühl, in mir leben zwei Frauen, eine, die Weise, die ihrer inneren Stimme folgt, und die andere, die Unwissende, die nicht erkennen kann, was im Moment zu tun ist.

Welche von beiden bin ich? Wie kann ich etwas über mich erfahren, ohne den traditionellen Weg zu nehmen und schon wieder zum Arzt zu gehen?

Ich möchte jetzt in die Musik eintauchen und einfach dortbleiben. Erleichtert erreiche ich das Klavier an der Kaiserstraße und sehe, dass keiner da ist.

Es ist meine Zeit. Die Finger finden wie von selbst die Tasten, und die Harmonie der Töne strömt wie das Rauschen des Meeres überall hin.

Ich stelle mir vor, ich bin an einem Strand, wo die Wellen des Indischen Ozeans meine Füße umspielen und jedes Mal, wenn sie kommen, bringen sie weiße Schaumkronen, die nur für mich bestimmt sind.

Jedes Mal, wenn sie kommen, wollen sie wissen, wer ich bin. Die Wellen machen das so lange, bis ich verstanden habe, was sie von mir wollen.

Sie wollen mich kennenlernen. Ich bleibe in diesem Bild so lange, bis meine Finger schwer werden und ich die Menschen um mich herum wahrnehme, die meinem Spiel lauschen.

Als das Musikstück von Chopin zu Ende ist, weiß ich, was zu tun ist. Ich will endlich herausfinden, wer ich bin und was mit mir geschieht oder geschehen ist. Die Musik der Wellen höre ich noch lange in mir.

Die Menschen klatschen und lächeln, schauen zu mir und nicken. Ich freue mich, dass es ihnen gefallen hat, stehe auf, bedanke mich, nehme meine Sachen und gehe nach Hause.

Die Sonnenstrahlen umspielen mein Gesicht, die Luft ist rein und der Himmel lässt ein paar Wolkenschiffchen über die Stadt schweben.

Alles geht vorbei, wenn es in Bewegung ist. Wie gehe ich vor, um den verlorenen und vergessenen Weg zu mir zu finden?

In unserer WG herrscht Stille, die ich dankbar annehme. Ich brauche jetzt keinen Trubel oder jemanden, der in meiner inneren Welt herumwühlt. Den Yogafrosch Fritz, der immer noch in Lotosposition dasitzt und nichts verrät, begrüße ich wie üblich.

Die Menschen suchen zuerst Hilfe bei Google, denke ich mir und ergreife diesen Strohhalm, wie es so viele tun.

Welche Schlüsselwörter braucht die Suchmaschine? Ich überlege kurz und probiere es mit »Albtraum«. Die gefundenen Informationen machen mir richtig Angst, als ich erkenne, dass einige der aufgeführten und wissenschaftlich erklärten Merkmale von Albträumen sich bei mir zeigen.

Nach zwei Stunden Recherche kommt mir die Idee, Videos anzuschauen und Foren zu suchen, wo sich Menschen austauschen, die die gleichen Probleme wie ich haben.

Soll ich mich da auch beteiligen und sie fragen? Als ich die Kirchenglocken läuten höre, ist es draußen dunkel. Der Wirbel in meinem Kopf ist größer geworden und ich habe Kopfschmerzen.

Nach ein paar Minuten öffnet jemand die Wohnungstür und dann wird die Küche lebendig. Ich gehe hin, um meine Mitbewohner zu begrüßen.

»Na, seid ihr schon da?«, sage ich in der Tür mit einer Stimme, die sich verloren anhört. Doch es ist nur Timo heimgekommen.

»Katerinchen, schön dich zu sehen.« Timos Stimme klingt sehr fröhlich. »Wir essen heute Pizza, ich habe zwei mitgebracht, eine mit Salami und eine mit Pilzen. Schade, dass wir kein Bier haben«, stellt er fest und schaut nach seinem Handy. »Ich schreibe Fabrizio, dass er welches besorgt«, und seine Finger sind schon am Tippen.

»Ich will kein Bier, Timo.«

»Was ist mit dir los, Katerina? Du siehst sehr blass aus.« Er sieht mich prüfend an und spürt wohl, dass es mir gar nicht gut geht.

»Mein Kopf tut weh«, versuche ich zu verharmlosen, was mit mir los ist.

»Wenn Frauen das sagen, ist irgendwas im Busch. Erzähl schon!« Er lässt nicht locker und schaut mir in die Augen. Timo kann manchmal ganz schön hartnäckig sein.

»Ich habe Albträume.«

»Ist es schlimm?«, bohrt er weiter.

»Und ja, ich war schon beim Arzt, bevor du mir das empfiehlst.«

Seine Mundwinkel verziehen sich in Richtung eines kleinen Lachens. »Kluges Mädchen. Was nimmst du zum Einschlafen?«

»Nichts, ich will endlich wissen, was mit mir los ist. Ich nehme keine Medikamente.«

Timo schüttelt den Kopf und scheint kurz zu überlegen, warum ich mich so widersetze und nichts nehmen will. Dann sagt er: »Ich habe mal vor ein paar Jahren einen Bericht gelesen. Es ging um eine Frau, die eine Heilpraktikerin besucht hat, die Hypnose und Rückführungen macht. Das half ihr zu erfahren, woher ihre Albträume kommen. Sie erzählte von einem Leben in Indien und dass sie von ihrem Mann getötet worden sei. Ich glaube zwar nicht an solche früheren Leben, es gibt nur unser Leben hier. Wenn du aber meinst, dass es dir vielleicht hilft, kannst du es probieren, Katerina.« Mit diesem Vorschlag schließt Timo seine Information aus dem Internet und schaut mich nochmals besorgt an. »Lass uns jetzt essen, die Pizza wird kalt.«

Eine Weile schweigen wir beide und essen, jeder in seine Gedanken versunken. Da öffnet sich die Außentür und Fabrizio stürmt mit einer Packung lokalem Bier herein.

»Buona sera, ihr Lieben«, grüßt er und wirft seinen Rucksack in die Ecke, wo sich der Kühlschrank befindet.

»Hallo«, grüßt Timo. Von mir kommt kein Ton.

»Ist was passiert? Du siehst so aus, als wäre bei dir heute einiges schief gelaufen, cara mia«, bemerkt Fabrizio. »Lass mich raten, er hat Schluss gemacht.«

»Du machst Witze. Weißt du, wie ich einen Therapeuten für eine Rückführung finden kann?«

»Was für eine Spinnerei ist das denn? Du bist verrückt, Katerina. Wozu brauchst du das?«

»Sie möchte ihre Albträume loswerden«, klärt Timo ihn auf.

»Echt jetzt?«, fragt Fabrizio mitfühlend, kommt zu mir, umarmt mich und küsst mich auf die Backe.

»Du brauchst einen Crashkurs zum Thema: Warum ich zu einem Rückführungstherapeuten gehen möchte.«

»Ich weiß nicht mehr, was ich brauche, Fabrizio. Ich bin so verwirrt. Was ist eine Rückführung überhaupt? Ich bin mir nicht sicher, ob mir so was helfen könnte.«

Fabrizio greift zu einem Stück Pizza. »Die ist ja schon kalt, ich hasse kalte Pizza.«

Er holt sich ein Bier, öffnet die Flasche und trinkt wie ein Dürstender, der gerade durch die Wüste gerast ist.

»Rück und Führen verstehst du doch«, sagt er zwischen zwei Schlucken.

»Logisch.«

»Er führt dich in die Vergangenheit. Zuerst versetzt er dich in einen Zustand ähnlich wie beim Schlaf. Deine Augen sind verbunden, du hörst nur seine Stimme. Er beherrscht die Sätze und Muster, die dir erlauben, zu deinem Unterbewusstsein zu kommen, und eröffnet dir den Zugang zu demjenigen der früheren Leben, das dir den Weg zur Heilung weisen kann. Er ist wie ein Zauberer, der viele Jahre gelernt hat, um sich das nötige Wissen anzueignen.

Dein Körper und dein Geist werden in einen Zustand versetzt, in dem du innere Bilder siehst und sie beschreibst. Es sind einige Sitzungen nötig, um eine heilende Wirkung zu erzielen.

Die Rückführungstherapeuten glauben, dass die Essenz der menschlichen Seele aus mehreren Inkarnationen besteht. Unsere gegenwärtigen Probleme haben ihre Wurzeln in einem dieser Leben.«

»Das heißt, ich habe auch mehrere Leben gehabt?«

»Jeder Mensch hat im Laufe seiner seelischen Entwicklung viele Inkarnationen und wenn wir das wissen, können wir uns viel erklären. Zum Beispiel haben Menschen, die in diesem Leben schlimme Krankheiten bekommen, schlimme Taten in einem früheren Leben begangen. In diesem Leben müssen sie die Rechnung begleichen.«

»Wie meinst du das, Fabrizio?«

»Ihre Seele hat sich entschieden, in diesem Leben zu leiden, um ihre schlechten Taten wieder gutzumachen. Das Gesetz von Ursache und Wirkung gilt für Menschen und Zeiten.«

»Das heißt, wenn mir jemand in einem anderen Leben mit dem Tod droht, wird er das irgendwann gutmachen müssen«, bemerke ich und atme leichter.

»Die Seelen entscheiden selber in der Engelsschule im Himmel, ob sie durch einen Unfall, eine oder mehrere Scheidungen, Krankheiten oder Tod ihre bösen Taten begleichen wollen. Neben der Seele sitzt dann ein Engel und sagt: ›Dies ist nicht zu bewältigen‹. Oder: ›Für dich wäre eher das und das geeignet‹. So unterstützen und führen uns die Engel. Ich glaube an Engel, cara mia«, schließt Fabrizio und macht eine Pause.

»Ich weiß nicht, woran ich glauben soll, Fabrizio.«

Timo hört sehr aufmerksam zu und sagt nichts. Ich dagegen habe sehr viele Fragen.

Zum ersten Mal redet jemand über die Themen, die mich seit Langem beschäftigen. Zurückgehalten von Scham oder Angst, reden die Menschen nicht darüber. Oder diejenigen, die darüber reden oder schreiben, werden für verrückt erklärt. Wir in der WG haben über solchen Dingen noch nie gesprochen oder sie diskutiert.

»Wir Italiener glauben an Gott, Engel und Dämonen. Bei uns gibt es viele Gotteshäuser, in denen man Engel auf Gemälden oder als Skulpturen sehen kann. Erzengel Michael ist in jeder Stadt. Andere Heilige auch. Ich kenne zum Beispiel eine Heilige, die heißt Katharina von Siena. Es gibt dort auch eine Kathedrale, die nach der Heiligen benannt wurde. Meine Mama und meine Oma haben mir sehr viele Geschichten über Engel erzählt«, sagt Fabrizio.

»Du, was haben die Engel mit der Rückführung zu tun?«, frage ich, leicht gereizt. »Rede nicht die ganze Zeit über die Engel, ich verstehe ja schon, dass du sie liebst.«

»Katerina, die Engel begleiten unsere Seelen in allen Leben auf dieser Erde, die wir durchlaufen, um ein Niveau zu erlangen, wo wir als Licht zu Gott gehen können.«

»Das muss ich mir nicht antun«, sage ich und in meiner Stimme klingt so starke Ablehnung mit, dass Timo zusammenzuckt und mich überrascht anschaut.

»Bist du sicher, dass du nur Albträume hast, Katerina?«, fragt Fabrizio jetzt direkt.

»Lass mich in Ruhe, du Besserwisser«, antworte ich und das Knallen der Tür zu meinem Zimmer erschreckt meine Mitbewohner vermutlich.

Was, um Himmels willen war das, frage ich mich und verstehe mein Verhalten nicht. Sie haben es doch gut gemeint und wollten mir helfen. Um mir zu helfen, brauchen die beiden jungen Männer Nerven wie Drahtseile und jede Menge Geduld, um meine emotionalen Ausbrüche zu ertragen. Ich habe mich daneben benommen. Als ich das begreife, gehe ich in die Küche zurück. Timo und Fabrizio trinken schweigend ihr Bier und essen die kalten Pizzastücke.

»Du hast recht, Fabrizio, ihr habt es gut gemeint. Ich bin in letzter Zeit ein bisschen neben der Spur. Ich muss die Prüfung wiederholen, da sind diese seltsamen Kindheitserinnerungen, und dann noch mein Praktikum. Da ist ein Haus, das mir zu schaffen macht. Außerdem...«

»Du hast dich verknallt«, ergänzt Fabrizio und ich schließe die Augen zum Zeichen, dass er recht hat.

»Mamma mia, was für ein Theater«, kommentiert Fabrizio, steht auf und kommt zu mir. Ich stehe immer noch an der Tür. Er schenkt mir ein Bier ein.

»Wir trinken jetzt auf uns. Salute.«

»Salute, Fabrizio, Timo.«

Wir stoßen an, Fabrizio nimmt seine Gitarre und fängt an Cose della vita von Eros Ramazzotti zu singen, weil er weiß, dass ich das Lied unheimlich mag. Als er den Hauch eines Lächelns auf meinem Gesicht entdeckt, spielt er lauter und nach jedem Takt klopft er auf die Gitarre, um mehr Rhythmus zu geben.

Fabrizio spielt danach etwas anderes und ich erkenne den neuen Song von Max Giesinger 80 Millionen. Fabrizio liebt das Lied und erzählt, dass er Max in einer Kneipe singen gehört hat. Die Flasche in meiner Hand wird leichter, meine Augenlider schwerer. Mein Körper braucht seine Nachtruhe, egal was am Tag passiert ist. Morgen ist ein anderer Tag.

Ich bedanke mich bei meinen Mitbewohnern, falle ins Bett und die Welt verschwindet in meinen Kissen.

Am nächsten Morgen verschlafe ich die erste Vorlesung. Mein Kopf ist schwer und ich habe keine Lust rauszugehen. Am liebsten würde ich den ganzen Tag im Bett bleiben. Der Gedanke konkretisiert sich langsam in Form einer SMS, die ich an Moni schicke. Sie wird mich beim Professor entschuldigen. Die Notlüge überlasse ich ihr, sie ist eine Expertin in Sachen glaubwürdig aufgetischter Ausreden. Die Wolken draußen am Himmel versprechen Regen und die Sonne ist nicht mehr zu sehen. Ich stehe kurz auf, nehme meine Kopfhörer und suche mir Musik aus, die mich zu mir selbst bringt.

Ich fühle mich lustlos. Vielleicht finde ich in der Musik eine Lösung. Das Ausblenden der Tatsachen funktioniert nicht mehr.

Diese Nacht hatte ich wieder denselben Albtraum; ich werde verfolgt und in den Tod getrieben. Ich möchte nicht mehr in Schweiß gebadet morgens aufwachen. Ich möchte nicht mehr ständig Angst haben.

Wer sind die Männer in meinem Traum, die mich verfolgen und töten? Habe ich Schlimmes getan? Fabrizio hat recht, dass ich eine Rückführung machen könnte, um zu erfahren, was mit mir los ist. Der Arzt konnte mir nicht helfen. Fabrizios Vorschlag scheint mir momentan der einzige Strohhalm zu sein.

Falls ich zu einer Rückführung gehe, wer kann mir garantieren, dass ich danach keine Albträume mehr haben werde?
Was hätte meine Oma zu meinem Problem gesagt?
»Kind, wer nicht wagt, der nicht gewinnt.« Ja, das hätte sie wohl gesagt.
Die Zweifel werden immer größer.
Wie soll ich denn einen Rückführungstherapeuten finden? Kennt Fabrizio welche? Ich muss heute unbedingt mit ihm reden, wenn er auftaucht.
Wie sich alles auf einmal in meinem Leben zusammengefügt hat. Soll ich ein Bild malen?
Sobald mir dieser Gedanke kommt, springe ich blitzschnell aus dem Bett und hole meinen Zeichenblock aus dem Rucksack. Mit fieberhaften Bewegungen nehme ich die Acrylfarben. Ich darf den Moment nicht verstreichen lassen. Die Pinsel nehme ich aus der Tischschublade und stelle noch einen kleinen Becher mit Wasser bereit.
Vor meinem inneren Auge sehe ich Gesichter, das Meer, einen Hügel und eine kleine weiße Figur, die auf einer Treppe den Hügel hoch rennt. Ich brauche keinen Bleistift oder Konturenstift, um das Gerüst des Bildes entstehen zu lassen.
Die Treppen. Die Treppen formen sich vor meinen Augen wie von selbst und die Figur male ich mit hellblauen Konturen.
Als ich nach einer Stunde ein paar Schritte zurücktrete, um das Bild zu betrachten, erschrecke ich.
Es sieht genauso aus wie in meinem Albtraum. Die weiße Figur, die nach oben rennt, die Männer, die von rechts auf sie zulaufen und schreien. In der Mitte des Bildes bemerke ich eine weibliche Gestalt, die die Hände zu mir streckt, und ihr Gesichtsausdruck zeigt, dass sie um die weiße Figur fürchtet.
Oben auf dem Hügel endet plötzlich die Steintreppe. Unten ist das Meer. Die blaue Farbe scheint mir sehr unruhig zu sein. Seitlich im Meer erkenne ich ein kleines Boot, so groß wie ein Fingernagel. Je länger ich das Bild betrachte, desto schwindeliger wird mir. Meine Beine zittern und ich suche den Stuhl, um mich festzuhalten. Mir wird langsam bewusst, dass ich tief in dem Albtraum bin. Für ein paar Sekunden halte ich mich am Stuhl fest, danach setze ich mich.
Während ich mit mir kämpfe, höre ich das Handy klingen. Nach dem dritten Klingeln suche ich es. Es ist nur eine Handbreit von mir entfernt, neben dem Kopfkissen.
Ich weiß, wer auf der anderen Seite der Leitung ist. Wie könnte ich ihn vergessen? Die Nacht mit Johannes, die schönste Nacht

in meinem Leben, taucht in meinen Gedanken auf. Seine sanften Berührungen, seine leise Stimme und die Sehnsucht, als er mich an sich zog.

Wie leidenschaftlich und gleichzeitig vorsichtig er war.

Der Morgen danach ohne ihn. Hat er wirklich Gefühle für mich? Er sucht mich immer wieder. Was soll ich jetzt tun?

Eine Stimme in mir ruft: »Nicht jetzt, nicht jetzt.« Ich nehme den Anruf nicht an. Als das Telefon aufhört zu klingeln, wird mir bewusst, wie absurd die Situation ist.

Ich packe das Bild, zerreiße es und die Schnipsel fliegen in Richtung Papierkorb. Weg mit dem Blödsinn.

Ich werde zu einem Therapeuten gehen. Ich muss wissen, was mit mir los ist. Johannes kann warten, ich rufe ihn morgen an.

Nun weiß ich, welche Schritte zu tun sind, atme durch und bemerke den Regen draußen. Durch das geöffnete Fenster strömt frische Luft und gibt mir das Gefühl, am Meer zu sein.

Nach zwanzig Minuten fühle ich mich erfrischt und mit einer duftenden Tasse Kaffee vor mir setze ich mich an den PC, um einen Rückführungstherapeuten zu suchen.

Die in Frage kommenden Therapeuten in Karlsruhe und Umgebung schreibe ich auf einen Zettel und entscheide mich schließlich für eine Frau, die ihre Praxis in Eggenstein-Leopoldshafen hat.

Als ich ihre Nummer wähle, meldet sich der Anrufbeantworter. Ich hasse es, mit einer Maschine zu reden. Also schreibe ich eine E-Mail mit Telefonnummer und E-Mail Adresse.

Das Zimmer wird hell und ich sehe die Sonnenstrahlen, die helle Flecken auf den Boden malen.

Ein dringender Wunsch nach frischer Luft und Freiheit überkommt mich. Ich ziehe mich an, nehme meine Wasserflasche, den Block und ein paar farbige Stifte und eile zur Straßenbahnhaltestelle.

Am Europaplatz steige ich in die S 5 in Richtung Wörth-Badepark, um zum Rhein zu fahren. Ich kenne eine Stelle, wo ich mich hinsetzen kann und ganz allein bin.

Am Rheinufer, nahe der Brücke zwischen Baden-Württemberg und Rheinland-Pfalz, setze ich mich im Schneidersitz ins Gras und lasse meinen Blick über die Wasseroberfläche des Flusses schweifen.

Die kleinen glitzernden Reflexe der Sonnenstrahlen auf dem Wasser, die ich von der Kindheit kenne, blitzen wie eine Weihnachtsbeleuchtung auf. Ein Auto fährt vorbei, die Stimmen von ein paar Menschen, die langsam den Fluss entlang spazieren, vermischen sich mit dem Geräusch vom Tagesverkehr auf der Brücke.

Ich male sie, das Wasser und die Glitzerpünktchen. Die Farben fließen wie Wassertropfen auf dem Bild. Doch das alles ist unbedeutend.

Ich wünsche mir, Johannes säße neben mir. Ich würde reden und er hörte zu. Danach küssten wir uns und er umarmte mich mit den Worten: »Alles wird gut, Katerina. Du wirst es sehen.«

Mir ist kalt und die Füße sind steif. Ich schaue auf die Uhr. Zwei Stunden sind vorbei und nun erinnere ich mich daran, dass ich heute im Gold spielen muss.

Die ersten paar wackeligen Schritte bringen mich aus dem Gleichgewicht. Wie ein tapsiger Bär, denke ich und muss schmunzeln. Ich gehe zur Haltestelle zurück und warte auf die S-Bahn, die mich in die Stadt bringen wird.

KAPITEL 8

Heute Abend spiele ich wieder Improvisationen auf dem Klavier. Die Töne klingen leise und sanft und in mir steigt die Sehnsucht nach Liebe auf.

Die Blicke aller Gäste richten sich auf mich und das Klavier. Einige Menschen essen und trinken nicht, sind in die Welt der Musik eingetaucht.

Die letzten Akkorde erklingen und im Augenwinkel entdecke ich an der Eingangstür Johannes. Mein Herz pocht wild, in meinem Bauch bildet sich ein fester Knoten. Während ich aufstehe, mich verbeuge und bedanke, kommt er zu mir. Drei Gäste zeigen ihre Dankbarkeit, indem sie etwas Geld in dem Glas auf dem Klavier hinterlassen.

»Hallo, Katerina«, sagt er leise.

»Hallo.«

»Du gehst nicht ans Telefon. Ist was passiert?«

»Warte einen Moment«, sage ich, hole meine Sachen, verabschiede mich und gebe ihm ein Zeichen, dass ich hinausgehen möchte. Als wir zusammen draußen vor der Tür stehen, schaut er mir in die Augen.

»Lass uns in den Schlossgarten gehen«, schlage ich vor, und wir laufen zur Kreuzung vor der Kirche St. Bernhard, um die Straße zu überqueren und durch das Campusgelände der Universität zu gehen.

Er erzählt von einem Projekt, das ihn momentan beschäftigt und sagt kein Wort über seine Verlobte und sich selber.

Ich finde es merkwürdig, wenn Menschen über andere Themen reden und nicht darüber, was sie wirklich bewegt. Damit verbergen sie das Wichtigste. Sie geben nichts von sich preis und so gehen sie über eine Brücke der Verblendung. Dabei vergessen sie, dass eines Tages das tief Verborgene ans Licht kommt und sie einholt. Da gibt es keinen Ausweg und keine Ausreden mehr, die funktionieren würden.

Wir erreichen die große Allee im Schlossgarten und setzen uns auf eine Bank. Mein Blick irrt im Grünen umher und sucht wie ein verloren im Meer Treibender einen Orientierungspunkt.

»Katerina, vom ersten Augenblick an, als ich dich sah, wusste ich es. Du bist es. Ich habe bis zu diesem Moment nicht an die Liebe auf den ersten Blick geglaubt. Ich habe auch nicht gedacht, dass mir so was passiert.«

»Du heiratest, Johannes. Deine Verlobte wartet bestimmt auf dich.«

»Sie ist heute in München, Katerina. Ich möchte dir sagen, dass ich für dich da bin und alles tun werde, damit es dir gut geht.« Er dreht sich zu mir und streichelt mein Gesicht. Es fühlt sich wie ein brennendes Feuer an, das sich überall in mir ausbreitet. Vom Gesicht durch den ganzen Körper. Mein Kopf neigt sich leicht zu seiner Hand und ich möchte sie festhalten. Er nimmt mein Gesicht in die Hände. Seine Augen dringen so tief in mich ein, dass ich dankbar bin zu sitzen, sonst hätte ich die Beine nicht unter Kontrolle gehabt.

»Sag schon. Was ist los?« Ich habe keine Zeit, um darüber nachzudenken und auszuweichen, obwohl ich es mir wünsche.

Kann ich ihm überhaupt vertrauen?

Was würde er über mich denken? Dass ich etliche Probleme habe, die ich nicht in den Griff bekomme. Von meiner früheren Beziehung weiß ich, dass Männer keine Frauen mögen, die ihnen zu viel anvertrauen. Mein Ex-Freund hatte immer Geheimnisse und glaubte, ich sei nicht eingeladen, auf der Bühne seines Lebens mitzuspielen. Ist Johannes so einer, der nur so tut, als wäre er verständnisvoll, aber keine Probleme möchte? Wie würde er reagieren? Ist er offen für mich und meine Welt?

»Es ist kompliziert«, sage ich und atme tief ein.

»Ich bin da, Katerina, und ich habe Zeit.«

»Ich schlafe schlecht.«

»Das geht mir auch so, Katerina«, beruhigt er mich.

»Seit einiger Zeit habe ich Albträume, die sich wiederholen. Und ja, ich war schon beim Arzt. Es geht nicht vorbei.« Ich spreche rasch, um nicht unterbrochen zu werden.

»Hat der Arzt dir Medikamente verschrieben?«

»Ich habe sie nicht genommen, Johannes. Etwas in mir sträubte sich dagegen. Mir war klar, dass Medikamente nicht helfen würden.«

»Woher weißt du das?«

»Das kann ich dir nicht sagen, aber ich weiß es einfach. Das Wissen ist da, wenn ich es brauche. Oder wenn etwas passieren wird, weiß ich es im Voraus.«

»Bist du eine Hellseherin?« Er lacht plötzlich, schaut mir in die Augen und umarmt mich.

»Ich bin eine ganz normale Studentin, die viel um die Ohren hat«, versuche ich zu beschwichtigen.

»Was willst du jetzt tun?« Er ist nun wieder ernst und Besorgnis klingt in seiner Stimme mit.

Ich merke, dass es an der Zeit ist, seine Hilfe anzunehmen.

»Würdest du mich begleiten, Johannes?«

»Wohin, Katerina?«

»Ich möchte zu einer Rückführungstherapeutin gehen. Mein Mitbewohner meint, ich soll es versuchen.« Ich erzähle ihm von Fabrizios Vorschlag, eine Lösung für meine Albträume zu finden.

Johannes hört zu und je mehr ich erzähle, desto deutlicher zeichnet sich auf seiner Stirn eine große Falte ab. Ich habe kein gutes Gefühl dabei.

»Du glaubst, dass diese Rückführung in deine Vergangenheit eine Erklärung bringen wird?«

»Ich weiß nicht, ob es mir helfen wird. Es ist unbekanntes Land. Deswegen wollte ich mit dir darüber reden. Würdest du mich zu dieser Rückführungstherapeutin begleiten?«

»Ich kann nicht, Katerina. Ich stecke mitten in einem Projekt und der Kunde möchte seinen Entwurf pünktlich vorgelegt haben. Außerdem ist in drei Wochen mein Hochzeitstermin und es gibt viel zu erledigen.«

Ich beginne zu frieren. Die Frische der Sommernacht macht sich bemerkbar. Er nimmt meine Hände in seine und schweigt. Es kommt mir wie eine Ewigkeit vor.

»Tut mir leid, Katerina. Könnten deine Freunde oder deine Mitbewohner dir nicht helfen?«, fragt er und versucht, eine Lösung zu finden, die ich nicht brauche. Ich brauche ihn in diesem Moment und nicht irgendwelche andere Menschen.

Ich nehme rasch meine Tasche, stehe auf und laufe weg, ohne ein Wort zu sagen.

»Katerina, warte!« Ich gehe schneller in Richtung Kaiserstraße und höre nicht, dass er mir nachkommt. Was für ein absurder Gedanke, er würde mir nachkommen. Wie konnte ich nur so blauäugig sein und mir einbilden, dass er mich begleiten würde? Natürlich ist er überrascht von der ganzen Geschichte. Ich dachte, ich bedeute ihm viel und er würde mir Mut geben, wenn er mit mir zu dieser Rückführungstherapie käme. Seine Anwesenheit und ruhige Ausstrahlung könnten moralische Stütze für mich sein.

Wie konnte ich das nur glauben? Wie konnte ich nur? Ich renne und als ich ein paar Meter von mir die vorbeifahrende Bahn in der Kaiserstraße sehe, werden meine Schritte langsamer.

In den nächsten Tagen konzentriere ich mich auf meinen Entwurf und die Vorbereitung auf die Prüfung, gehe diszipliniert zu allen Vorlesungen und verdränge das Treffen mit Johannes.

Es war eine Erfahrung für mich. Den Gedanken über Bord zu werfen, dass es mit uns schön werden könnte, fällt mir schwer.

Die Therapeutin hat mir geschrieben, in zehn Tagen habe ich einen Termin. Eine Patientin ist abgesprungen und das ist meine Chance. Auf jeden Fall nehme ich ihn wahr, mit oder ohne Johannes. Das steht fest.

Diese Gewissheit weckt in mir ungeahnte Kräfte.

Mein Mitbewohner Fabrizio hat recht. Wenn die Zeit reif ist und das Schicksal einen Wink gibt, wird klar, was zu tun ist.

Unsere Begegnungen sind wie kleine Puzzleteile und je nachdem, was wir in diesem Leben zu bewältigen haben, begegnen uns verschiedene Menschen.

Einige sind wie die Sterne am Himmel, glänzen und bleiben jahrelang in unserem Leben. Andere treffen wir zufällig; es findet ein Geben und Nehmen statt und danach verschwinden sie genauso schnell, wie sie aufgetaucht sind.

Manche Menschen hinterlassen in den Herzen Narben, die wir lange mit uns schleppen. Bis sie heilen, brauchen wir Unterstützung von unseren Freunden und Familien und müssen bereit sein, deren Hilfe anzunehmen.

Ich will diese Gedanken festhalten, nehme einen Zeichenblock und Farben und setze mich auf den Boden in meinem Zimmer. Ich sehe, wie eine Meereslandschaft entsteht, ein Boot im Wasser und darüber wolkenloser Himmel. Auf einmal bin ich da, auf diesem Boot, und trage eine weiße Tunika, ein goldenes Stirnband und Sandalen. Mein Blick ist zum Himmel gerichtet. Zwei Priesterinnen sind bei mir, die mich nach Delphi bringen werden.

Diese nur Sekunden dauernde Szene taucht vor meinem inneren Auge so plötzlich auf, dass mir fast der Atem stockt. Die Hand hält den Pinsel fest und die blaue Farbe tropft über mein Knie und hinterlässt eine helle Spur auf dem Boden.

Was für ein schönes Gefühl es ist, wenn die Farbe über meinen Körper läuft und sich einen Weg sucht, den ich nicht steuern kann. Während ich die blauen Tropfen mit Bewunderung beobachte, kommt mir in den Sinn, dass ich Body Painting an mir oder auch an jemand anderem machen könnte.

Das Handy klingelt und ich lasse es klingen.

Ich genieße den Moment, mit dem Blau eins zu sein. Mich frei zu fühlen und tief atmen zu können. Weiß und Blau sind in diesem Moment meine Freunde.

Es existiert gerade nichts anderes außer dem Meer, dem Himmel und dem Zeichenblatt.

Als das Klingeln aufhört, stehe ich auf und hole andere Farben, die ich jetzt zu meinen Freunden machen möchte.

Auf dem Display leuchten drei Worte: Ich komme mit.

Kurz und schnell getippt und verschickt. Ich habe Zweifel, dass Johannes es damit wirklich ernst meint. Ich lese die Nachricht ein paar Mal und danach lösche ich sie.

Der magische Moment ist vorüber und ich setze mich wieder auf den Boden mit Blick zur Fensterbank, wo sich mein Yogafrosch befindet.

Auch du, Fritz, kannst dich freuen, er kommt mit mir, denke ich. Er wird bei mir sein und nur das zählt. Ich möchte nicht wissen, wie und warum er seine Meinung geändert hat.

Eine große Erleichterung stellt sich ein. Die blauen Finger und die Farbe auf meinem Knie fühlen sich trocken an. Ich wische sie nicht ab.

Wie ich ins Bett gekrochen bin, weiß ich nicht. Vom Nachbarhaus tönt ruhige Musik herüber, die mich ins Land der Träume schickt.

Am Tag des Termins bei der Rückführungstherapeutin stehe ich schnell auf, suche mein Handy und rufe Johannes an. Während es klingelt, schminke ich mich im Bad. Der Lippenstift hat die falsche Farbe und der Konturenstift ist nicht auffindbar.

»Johannes, geh ran! Bitte!«, sage ich laut und habe dabei kein gutes Gefühl. Die letzten paar Tage hat er kein Lebenszeichen von sich gegeben. Das liegt daran, dass er viel arbeitet und sein Projekt fertigstellen muss, sagte ich mir.

Ich lasse das Handy weiter klingeln und merke, wie ich langsam nervös werde und unbewusst mit meinen Schritten Breite und Länge des Badezimmers ausmesse. Was soll ich tun, wenn er sich nicht meldet? Er hat es doch versprochen und ich weiß, dass er sein Wort hält. Oder ist er mit seiner Verlobten Clara unterwegs und hat keine Gelegenheit, mir Bescheid zu sagen?

Ich wähle jetzt die Nummer von seinem Büro. Die Nachricht, dass er in Urlaub ist, gibt mir Hoffnung.

Ich schaue auf die Uhr und stöhne; ich komme wieder mal zu spät. Der Termin ist auf elf Uhr angesetzt und ich sollte längst im Auto von Johannes oder in der Bahn sitzen. Die erste Variante hat sich erledigt.

Ich renne zur Haltestelle Europaplatz und hoffe, dass die S 11 sich verspätet. Die Wolken draußen versprechen den erfrischenden Regen, den die Natur braucht.

Mir fällt zwar ein, dass ich ohne Regenschirm unterwegs bin, aber es ist mir egal. Ob nass oder trocken, ich komme zu dem Termin. Vielleicht sind die schwarzen Regenwolken da und begießen alles mit Regenwasser, um mich zu erinnern, dass auch ich im Sommer hin und wieder einen reinigenden Guss brauche? Was für ein absurder Gedanken.

Heute ist meine Chance, die Albträume endlich zu vertreiben, die Puzzleteile meines Lebens zu finden und sie an die richtige Stelle zu setzen. Wie das Frau Forst, die Therapeutin, macht, werde ich bald erfahren.

Die Bahn kommt tatsächlich einige Minuten später und ich steige erleichtert ein. Ich könnte Johannes nochmals anrufen und er dort auf mich warten, falls er in der Nähe ist. Doch ich erreiche ihn nicht. Danach schalte ich das Handy aus und spüre, wie ich sauer werde. Auf mich. Wie konnte ich bis zum letzten Moment glauben, dass er kommen würde?

Gedankenverloren schaue ich aus dem Fenster, wie die Haltestellen eine nach der anderen vorbeiziehen, die Bahn das Stadtgebiet verlässt und die Umgebung grüner wird. Vor der Haltestelle Bärenweg öffnet sich die Wolkendecke und ein Regenbogen leuchtet auf. Für einen kurzen Moment spüre ich mein Herz, und die Hoffnung, dass er kommt, ist wieder da.

Was sagte meine Oma, wenn ich als Kind einen Regenbogen sah? Katerina, hör auf, in Gedanken mit deiner Oma zu reden, sage ich mir. Sie ist längst tot und du musst endlich aufwachen.

Eine ältere Frau in der Bahn schaut sorgenvoll zu mir und sagt: »Geht es Ihnen nicht gut? Ist jemand gestorben? Sie redeten laut von Ihrer Oma?«

»Alles in Ordnung«, antworte ich rasch mit den Worten, die man meist benutzt, wenn es einem nicht gut geht und man sich vormacht, alles werde doch noch gut.

Ich höre die Frauenstimme, die meine Haltestelle ansagt und steige aus. Damit ist glücklicherweise auch das Gespräch beendet. Ich brauche jetzt alle Kraft, um mich endlich meinen Ängsten zu stellen und ihnen ins Gesicht zu sehen.

Schnell finde ich das Haus von Frau Forst. Nach dem Klingeln öffnet eine schlanke Frau die Tür, mittelgroß, mit kurzen schwarzen Haaren. Sie bittet mich hinein.

Durch das große Wohnzimmer, das ich betrete, flutet das Sonnenlicht und es ist voller Zimmerpflanzen. Ich habe das Gefühl, mich in einem Garten zu befinden. Frau Forst bietet mir Platz an einem großen Holztisch an und fragt, ob ich Tee möchte; danach verschwindet sie in die Küche, um ihn zu holen.

»Wissen Sie, Katerina, ich liebe meine Pflanzen, sie geben mir das Gefühl, in der Natur zu sein«, sagt sie, während sie den Tee einschenkt und mir die Tasse reicht. »Fühlen Sie sich wohl, entspannen Sie sich. Darf ich Sie duzen?«

Ich nicke und sie setzt sich mir gegenüber. Die Atmosphäre in ihrem Haus wirkt mediterran, als befände ich mich in einem Haus in Frankreich, am Mittelmeer, und wenn ich durchs Fenster schaue, erwarte ich, das Meer zu sehen.

»Ich kann verstehen, wie du dich fühlst«, beginnt sie. »Zuerst klären wir, was mit dir passiert ist, seit wann diese Albträume da sind, wie du lebst, welche Aufgaben du hast und noch andere Dinge. Bevor wir mit der Rückführung beginnen, machen wir eine Pause.« Sie trinkt von ihrer Tasse. »Nach einer Sitzung brauchen die Klienten mindestens drei Monate Pause, um alles zu verarbeiten, einen anderen Blickwinkel zu gewinnen und eine neue Richtung einzuschlagen. Es kommt alles zu seiner Zeit.«

Wie freundlich sie lächelt, ich fühle mich wohl bei ihr.

»Einige Menschen benötigen mehr Zeit, um zu erkennen, was sie im Moment brauchen. Ich kann dir nicht versprechen, Katerina, dass wir mit einer Sitzung fertig sind. Die eigentliche Arbeit beginnt für uns beide, sobald du deine Gefühle und Erkenntnisse in Richtung Heilung lenkst. Wenn du dich öffnest und bereit bist, einen neuen Weg zu gehen, geschehen Wunder.«

Sie macht eine kleine Pause, um zu sehen, ob ich noch Tee habe, und schenkt mir noch mal ein.

»Was ist dein Ziel, Katerina? Was möchtest du zuerst wissen?« Endlich stellt sie die Frage, die mich seit langer Zeit beschäftigt.

»Wer bin ich, gibt es überhaupt ein Leben vor diesem Leben? Warum habe ich diese Albträume jetzt und nicht später oder früher? Ich verstehe nicht, wer mich im Albtraum verfolgt. Habe ich schlimme Dinge getan?«

Die Therapeutin schaut mich an und ihre grünen Augen werden dunkler. »Im Laufe der Entwicklung einer menschlichen Seele gibt es viele Inkarnationen. Wenn uns die Erfahrungen von allen zurückliegenden Leben und die Zukunft auf einmal eröffnet würden, wäre das möglicherweise mehr; als ein Mensch ertragen kann. Das Unterbewusstsein zieht automatisch die Notbremse. Stell dir vor, Katerina, unser Unterbewusstsein speichert alles, wie eine Speicherplatte. Und in dem einen oder anderen Moment unseres Lebens werden die Schleusen geöffnet. Dies kann sowohl im Traum als auch in Tagesvisionen geschehen. Es gibt natürlich noch viele andere Faktoren, die berücksichtigt werden müssen«, erklärt sie.

Ich möchte sie schon seit einiger Zeit unterbrechen. Sie bemerkt es und macht eine Pause.

»Mir geschehen Dinge, die ich nicht erklären kann«, spreche ich endlich meine Erlebnisse an.

»Kannst du mir Beispiele nennen?«

»Ich weiß, was passieren wird, bevor das Ereignis eintritt. Ich weiß es einfach. Wenn ich den Menschen sage, was passieren wird, schauen sie mich komisch an. Einmal habe ich einen alten Mann vor einem Auto gerettet, weil ich wusste, dass er die Straße überqueren möchte und von einem Auto erfasst werden wird.«

»Das ist wunderbar. Indem du etwas Gutes für andere tust, erleichterst du dein Karma. Wie du mir das erzählst, hast du eine hohe Sensibilität und die Gabe des vollständig mehrdimensionalen Wahrnehmens der Welt. Nur wenige Menschen können es. Oft werden sie von den anderen beschuldigt, dass sie verrückt sind oder Hexerei betreiben. Im Mittelalter wurden solche Menschen von der Kirche verfolgt und verbrannt. Unsere Geschichte kennt sehr viele Beispiele für so eine Sensibilität und erweitertes Bewusstsein.« Ihr Blick gleitet nun über mich hinweg, sie schaut auf die Wand hinter mir. »Ich habe diese Erfahrung seit meiner Kindheit. Bevor ich mich entschieden habe, den Menschen mit der Rückführung zu helfen, war es auch für mich ein langer Weg mit vielen Niederlagen und Rückschlägen. Zuerst kamen die Widerstände von meiner Familie, danach von den Freunden, die mich nicht verstehen wollten. Im Laufe der Zeit habe ich die wissenschaftlichen Grundlagen erlernt und mich neu orientiert. Mein erster Beruf war in der Wirtschaft. Ich arbeitete in einem Unternehmen als Wirtschaftsprüferin. Als ich nach einem Autounfall und anschließendem Koma in der Klinik aufwachte, hatte sich mein Leben komplett verändert.«

Nun sieht sie wieder mich an. »Deine Fähigkeit zu wissen, was passieren wird, kommt aus einem anderen Leben. In diesem Leben manifestieren sich unsere Fähigkeiten und unsere Kreativität. Für diese Fähigkeiten haben wir gearbeitet, haben darunter vielleicht auch gelitten und haben vielen Menschen geholfen. Du kannst glücklich sein, dass du diese Gaben hast. Eine andere Frage ist, ob die Menschen, die uns nahestehen und uns lieben, bereit sind, uns anzunehmen, so wie wir sind, und nicht fordern, dass wir ihren eigenen Vorstellungen und Erwartungen entsprechen. Sich selber zu kennen und zu wissen, was unsere Werte sind, bringt unser Leben ins Gleichgewicht und führt zu Frieden mit uns selber.«

Ich will Frau Forst über Johannes erzählen, über meine Erinnerungen, über alle inneren Gespräche mit meiner Oma. Das alles möchte ich ihr anvertrauen.

»Lass uns in mein Arbeitszimmer gehen, Katerina, ich erkläre dir die Schritte der Rückführung.«

Ich folge ihr und dort fordert sie mich auf: »Komm, leg dich hier hin, Katerina.«

Ich lege mich auf eine Liege und schaue auf die weiße Orchidee auf dem Fensterbrett. Meine Therapeutin zündet eine weiße Kerze an, die neben einer Zimmerpflanze steht. Danach holt sie eine kleine Mappe mit Blättern, setzt sich neben mir auf einen Stuhl, nimmt eine hellgrüne Decke und legt sie über meinen Körper.

»Möchtest du eine Augenbinde? Manche Klienten wünschen sich das.«

»Ja, bitte«, sage ich automatisch und sie reicht mir eine schwarze Binde.

»Ich werde zuerst von zehn bis eins zählen und dich führen. Du hörst nur meine Stimme und konzentrierst dich auf die inneren Bilder und Gefühle, die die Worte auslösen. Hab keine Angst; falls ich sehe, dass es dir nicht gut geht, führe ich dich zurück ins Hier und Jetzt. Ich werde konkrete Fragen stellen. Versuche meine Fragen genau zu beantworten. Wenn du hörst, dass ich erneut zähle und wir zum Schluss kommen, atmest du tief ein und aus. Das machst du auch am Anfang. Lass dir jetzt Zeit und wenn du bereit bist, können wir beginnen.« Ihre Erklärung der Schritte und ihre ruhige Stimme geben mir Sicherheit.

»Wir können anfangen«, sage ich und atme dreimal tief ein und aus. Sie beginnt zu zählen. Ich konzentriere mich auf ihre Stimme. Ich bin ganz in diesem Moment.

»Du gehst jetzt durch eine Tür. Wie sieht sie aus?«, stellt die Therapeutin ihre erste Frage.

»Aus Holz, massiv und schwer.«

»Geh durch die Tür und nimm die Stufen nach unten. Wer bist du, wie siehst du aus?«

»Ich bin eine Frau und trage ein blaues Gewand. Meine Sandalen sind wie eine zweite Haut.«

»Was machst du dort?«

»Ich laufe Treppen hoch und fühle mich bedrängt. Es sind viele Menschen da. Die Treppen sind steinig.« Ich mache eine kurze Pause und warte ab.

»Läufst du alleine oder begleitet dich jemand?«

»Ich bin alleine. Unten sind schweigende Menschen, die darauf warten, zu einem Becken oben vorgelassen zu werden.«

»Wie heißt der Ort? Erkennst du das, siehst du eine Zahl oder ein Jahr?«

»Delphi, ich bin Filo, die Apollonpriesterin, die nächste Pythia.«

»Was siehst du noch?«

»Eine kleine Ziege. Sie zittert am ganzen Leib und hat Todesangst.« Mir ist kalt und ich fange ebenfalls an zu zittern.

»Wozu ist die Ziege da? Wer hat sie dort hingebracht?«, höre ich die nächsten Fragen und habe keine Zeit, mich auf die Angst zu konzentrieren.

»Die Priester besprengen das Zicklein mit Quellwasser. Wenn es zusammenzuckt, stimmt Apollon der Befragung zu. Wenn nicht, müssen die Pilger bis zum nächsten Orakeltermin warten. Die Pilger, die zu mir gekommen sind, tun mir leid.« Meine Stimme wird leiser.

»Warum?«

»Es gibt eine strenge Rangordnung, wer zu mir kommen darf. Zuerst kommen die Bürger von Delphi. Danach die Angehörigen der Kultgemeinschaft, die griechischen Abgeordneten mit oder ohne Vorrechte und zum Schluss die Pilger aus dem Ausland, die Barbaren. Ein Los entscheidet über alle, die noch übrig bleiben. Manchmal warten sie tagelang und müssen schließlich die Heimreise so unwissend antreten, wie sie gekommen sind.«

»Woher weißt du das?«

»Ich diene schon seit vielen Jahren als Pythia im Tempel«, spreche ich die Erkenntnis aus, die sich mir offenbart.

»Du bist das Orakel von Delphi?«, fragt die Therapeutin, um bestätigt zu bekommen, dass sie richtig gehört hat.

»Ich bin eine Priesterin, die dem Orakel von Delphi dient. Die Priester des Gottes Apollon regeln das Einsammeln der Tieropfer und Geldspenden, überwachen die Rangfolge und bestimmen, wer die Orakelpriesterin wird. Die Pilger wissen nichts von der Hierarchiestruktur.«

»Was meinst du damit?«

»Ihre Opfergaben, ihre Tiere. Sie werden im Heiligtum zwischen dem Gott und seinen Dienern aufgeteilt. Auf dem Altar werden Fett und Innereien verbrannt, für Prometheus. Die Priester teilen sich den größten Teil des Fleisches. Damit ernähren sie ihre großen Familien. Sie müssen ihren Bedarf an Weihrauch, Opfertieren und Baumaterial vom eigenen Geld bezahlen. Dies wissen die Menschen aus Griechenland und den Kolonien nicht, die zu uns kommen. Das ganze System ist krank. Ich erfahre es erst Jahre später am eigenen Leib.«

»Konzentriere dich auf den Moment«, holt sie mich wieder in die Situation zurück.

»Was siehst du jetzt? Siehst du Bilder, Farben, Menschen?« Die Stimme meiner Rückführerin führt mich weiter.

»Ich stehe in der Vorhalle hinter einer Säule im Heiligtum des Tempels und starre die Wand an. Dort sind die Sprüche der Weisen eingemeißelt. Ich habe einen Freund, Theodoros. Er ist Pilgerbetreuer und hat mir mehrmals die wichtigsten Inschriften vorgelesen. Wer den Satz des Thales versteht, behauptet er, hat alles verstanden. Gnothi seauton, lese ich die fünf Silben. Erkenne dich selbst...«

»Lass die Bilder fließen. Gehe zu der Zeit, wo alles begann«, führt mich meine Rückführerin weiter.

»Ich bin verwirrt, was soll das heißen, frage ich. Theodoros meint, dass der Spruch der Vollkommenste sei von allen Weisheiten im Hause des Apollon. Ich sehe einen Mann, der aus der Tempeltür zu mir kommt. Das ist Thyles, der Prophet des Inneren des Tempels. Er grüßt mich mit erhobener Hand und fragt, ob ich weiß, was zu tun ist. Ich wiederhole alles, was mich die Priesterin Semarpha gelehrt hat. Ihre Auskünfte waren spärlich gewesen. Aus der Kassotisquelle trinken, Blätter vom Lorbeerbaum kauen, danach Weihrauch einatmen und mich auf den Dreifuß setzen. Ich sehe, wie Thyles mit dem Kopf nickt und sagt: ›Einer der Geweihten wird dich mit brennenden Lorbeerzweigen über dem Kopf beweihräuchern. Da ist auch der Omphalos, der marmorne Nabel der Welt, der mit verknoteten Wollfäden umwickelt ist. Du nimmst in eine Hand einen Wollfaden und in die andere einen Lorbeerzweig. So sitzt du auf dem Dreifuß. Der Wollfaden darf nicht entgleiten, sonst verschwindet die Verbindung mit den verborgenen Kräften der Erde‹.« Ich hole tief Luft.

»Sitzt du auf dem Dreifuß? Wie fühlt sich das an?«, höre ich die Stimme meiner Therapeutin.

»Ich bin enttäuscht, das Wichtigste hat mir Semarpha verschwiegen.« Ich spüre, wie mich eine Welle von Bitterkeit überkommt.

»Konzentriere dich weiter auf diesen Moment. Was passiert? Was siehst du?«

»Thyles erklärt mir, wie die Weissagungen ablaufen. Reiche Leute und Adelige wenden sich an mich direkt. Sie müssen sich kurzfassen. Ich offenbare, was in ihrem Fall besser oder vorteilhafter erscheint. Wenn das Losorakel gefragt ist, ziehe ich aus dem Becken des Dreifußes schwarze oder weiße Bohnen, was ja für weiße Bohnen und nein für schwarze bedeutet.«

Ich verstumme, meine Therapeutin lässt mir kurz Zeit, dann spreche ich weiter: »Ich höre Thyles zu und sage: ›So wie die Gottheit mich führt, werde ich weissagen.‹ Plötzlich merke ich, dass ich einen großen Fehler gemacht habe. Thyles schaut mir in die Augen und legt seine Hand auf meine Schulter. Es ist eine Mahnung. Ungeduldig sagt er: ›Höre: Apollon gibt der Pythia Gedanken ein, nicht aber den Wortlaut der Prophezeiungen.‹ ›Woher weißt du das?‹, frage ich. ›Apollon erklärt und enthüllt nicht, er deutet nur an. Darin besteht die Kunst - du legst das Vernommene aus und findest die richtige Formulierung‹, antwortet er.«

Ich schweige länger als gewöhnlich und höre meine Rückführerin fragen: »Was fühlst du jetzt?«

»Ich friere, Kälte verbreitet sich in meinem Inneren. Über meinen Scheitel streicht ein starker Kältehauch und ich zucke zusammen. Ich bin wie das kleine Zicklein, das Todesangst hat und trotzdem weitergeht. Eine Hand stößt mich. ›Geh weg!‹, die raue Stimme von Semarpha ist kühl und klingt feindselig. ›Von allen einfachen Leuten hast du das Glück, Pythia zu sein.‹ Ich...«, ein Sturm von Gefühlen überkommt mich und ich weine.

»Es ist alles gut, du bist in Sicherheit, Katerina. Was passiert weiter? Was siehst du? Du bist noch da, welche Bilder siehst du?«

»Der Albtraum. Ich bin mittendrin. Ich werde sterben, mein Ende ist gekommen, das weiß ich.«

»Gehe einige Bilder weiter zu dem Moment nach deinem Tod. Was siehst du da, wer ist bei dir?«

»Ich sehe meinen Körper im Meer, von oben. Ich kann fliegen und mich bewegen. Ich bin leicht. In der Ferne sehe ich eine Silhouette, die einer Frau ähnlich ist. Die Silhouette kommt immer näher. Ich kenne die Frau nicht.«

»Was sagt sie?«

»Ich höre ihre Gedanken in meinem Kopf und verstehe sie. ›Du bist eine Tochter des Lichts‹, sagt sie. ›Du musst den Menschen weiter deine Musik schenken und ihnen Liebe und Licht geben.‹ Ich höre, wie sie lacht. Sie entfernt sich genauso leise, wie sie aufgetaucht ist.«

»Ich werde dich jetzt in dieses Leben zurückholen«, sagt die Therapeutin.

»Du begibst dich jetzt zur Treppe, woher du gekommen bist. Steigst die Stufen hoch, öffnest die Tür und kommst wieder zurück ins Hier und Jetzt. Wenn ich rückwärts von fünf bis eins zähle, wachst du auf, hier und jetzt.«

Als mich ihre Stimme in die Realität zurückholt, ziehe ich die Binde langsam weg und öffne die Augen. Ich liege immer noch auf der Liege in der Praxis von Frau Forst. Das Gefühl, in zwei Welten gleichzeitig zu sein, lässt mich nicht los.

»Bleib ein paar Minuten liegen. Wenn du so weit bist, stehe auf«, meint die Therapeutin, »ich mache uns Tee.«

KAPITEL 9

Die Liege ist bequem. Die Kerzenflamme bewegt sich leicht nach links und rechts. Ich spüre, dass noch jemand im Zimmer ist, obwohl ich nicht an Engel und Feen glaube. Das Erlebte übertraf alle meine Erwartungen.

Als ich hierher kam, wollte ich mich von meinen Albträumen befreien, wie aus einem Gefängnis. Ich hatte keine Ahnung, wohin mich die Reise führen würde. Die Tür geht auf und der Zitronenduft des Tees strömt ins Zimmer.

»Ich habe uns Ingwer mit Zitrone zubereitet. Möchtest du schon aufstehen und hierherkommen?« Frau Forst zeigt auf den vorderen Teil des Zimmers, wo sich ein runder Tisch mit einer weißen Häkeldecke befindet. Die Stühle und der Schrank sind aus der alten Zeit und sehen sehr gepflegt aus. Die weißen und zartrosafarbenen Orchideen auf der Fensterbank ergänzen die ruhige und wohltuende Atmosphäre. Im Schrank sind nur wenige Gegenstände und die Therapeutin bestätigt meinen Gedanken, dass die hier herrschende Ordnung den Klienten hilft, den Weg zu sich wieder zu finden.

»Ich möchte, dass die Menschen, die zu mir kommen, sich wohlfühlen und den Weg zu ihrem inneren Frieden finden. Mittlerweile kommen Kunden aus anderen Bundesländern, der Schweiz, Österreich, Frankreich und den Niederlanden. Manchmal bringen sie mir Blumen, weil sie wissen, ich liebe sie.«

Frau Forst kann Gedanken lesen, denke ich und zum ersten Mal, seitdem ich hier bin, lächle ich innerlich. Sie hat mich verstanden.

»Katerina, wie geht es dir jetzt?«, fragt sie mich direkt.

»Ich weiß es nicht. Ich bin verwirrt. Ehrlich. Ich weiß nicht, was ich denken soll.«

»Ich verstehe.«

»Ich kann immer noch nicht glauben, was ich vorhin erlebt habe. Wie kann das sein? Ich, Orakel von Delphi. Unmöglich. Was hat das mit meinen Albträumen zu tun?«

Sie sieht mich aufmerksam an und wartet geduldig, ob ich weiterrede.

»Das ist die Aufgabe einer Rückführung, zum Ursprung zu kommen und das Leben zu zeigen, in dem alles begonnen hat. Unser Unterbewusstsein speichert alle vergangenen Leben wie Filme, die wir als spirituelle Wesen durchleben. Die Menschen werden zu dem Leben geführt, in dem der Grund für ihrer Ängste und Probleme liegt. Wenn das Gefühl von damals nicht transformiert wird, kommt es in einem anderen Leben wieder, als Aufgabe. Um die zu bewältigen, brauchen wir um uns herum Menschen, die uns lieben und uns vertrauen. Nur so, durch deren Unterstützung, können wir uns als spirituelle Menschen entwickeln.« Sie macht eine kleine Pause.

Spirituell, wie rätselhaft, denke ich. »Was meinen Sie damit? Den Geist oder Esoterik?«

»Die Spiritualität eines Menschen befasst sich mit dem menschlichen Geist. Ich betrachte einen Menschen als Einheit von Körper, Geist und Seele. Um dies zu verstehen, kannst du die alten Philosophen studieren und gleichzeitig die wissenschaftlichen Erkenntnisse unserer Zeit berücksichtigen. Wobei die Wissenschaft nicht alles erklären kann, was sich in Geist und Seele eines Menschen abspielt. Esoterik ist nur ein Zweig von Spiritualität, der das menschliche Innenleben kommerziell nutzt, um sich wirtschaftliche Vorteile zu verschaffen. In jedem Beruf gibt es schwarze Schafe, auch bei uns, die ihr Handwerk nicht verstehen und die Menschen schnell in die Psychiatrie einweisen.« Sie lächelt wieder.

»Katerina, du bist sehr jung und hast Zeit, um das alles zu begreifen und für dich die passenden Antworten zu finden.«

»Warum erinnere ich mich an dieses Leben oder an alle Leben nicht, die ich als Seele durchlebt habe?«

»Ich sehe, du hast viele Fragen. Dein Tee wird kalt«, fügt sie hinzu, nimmt aus dem Schrank zwei Porzellantassen, die mit Motiven aus der Bodenseeregion verziert sind. Das weiß ich, weil ich solche Tassen schon einmal bei einer Freundin gesehen hatte. Die Therapeutin schenkt Tee ein.

Der Duft wirkt auf mich sehr beruhigend. Ich trinke die ersten Schlucke und in meinem Kopf summen, wie in einem Bienenstock, tausend Fragen, die ich nicht mehr verdrängen möchte. Sie trinkt ihren Tee, schaut mich an und weiß schon, dass ich auf ihre Worte warte.

»Um es zu begreifen, brauchst du Zeit für dich. Was denkst du, warum hast du vergessen, dass du Orakel von Delphi gewesen bist?«, stellt sie mir die Frage, die ich ihr stellen wollte. »Entdeckst du heute das, was dich einzigartig macht, Katerina? Was nicht alle Menschen können? Sie alle haben die Gabe und merken, dass sie in ihrem Innern schlummert, doch sie verdrängen es.«

»Was meinen Sie mit einzigartig? Begabungen, Hobbys oder eine Berufung?«

»Ich weiß von unserem Vorgespräch, dass du Klavier spielst, sehr gut tanzen kannst und dass du Architektur studierst. Wie du siehst, es ist so wie bei einer Zwiebel. Je mehr Schichten man abzieht, desto mehr kommt zum Vorschein. Ich freue mich, dass du es heute geschafft hast, in dasjenige Leben zurückzukehren, das unsere Arbeit erleichtern kann und den Weg zur Heilung zeigt. Ich würde sagen, fürs erste Mal reicht es. Du kannst mich gerne anrufen und einen Termin vereinbaren, oder wir machen jetzt gleich einen aus, wenn wir unseren Tee getrunken haben.«

Sie steht auf und holt ihren Terminkalender.

»Ich weiß nicht...«

»Katerina, lass dir Zeit. Wenn du jetzt unsicher bist, ruf mich später an. Wir sind nicht fertig. Da ist noch mehr zu finden, woran wir arbeiten können.« Nachdem sie das gesagt hat, verabschiedet sie sich von mir. Sie habe einen Termin und müsse sich vorbereiten. »Du packst das, Katerina! Kopf hoch. Hab nur den Mut und den Willen.«

Ihre Gartentür steht offen.

Ich gehe die Straße entlang und betrachte die Nachbargärten.

In allen sieht man Lavendel. In manchen Gärten wächst er nahe der Eingangstür, in manchen am Zaun.

Solche Details habe ich bis jetzt nicht bemerkt.

Ich laufe zur Haltestelle, wo mich die Bahn ins Zentrum der Stadt bringen wird. Die Luft ist frisch, der Himmel wolkenlos. Ich fühle mich erleichtert, strecke meine Hände aus und drehe mich ein paar Mal im Kreis. Das tat ich oft als kleines Kind in Griechenland, wenn ich mich frei fühlte.

Das Gefühl von Freiheit habe ich lange vermisst. Ich will jetzt nicht an das Erlebte denken. Ich will nur da sein, in diesem Tag. Die Details entdecken und einfach Zeit für mich haben. Und Klavier spielen. Wenn ich später in Karlsruhe bin, gehe ich zur Haltestelle Herrenstraße, wo mein Lieblingsplatz zum Klavierspielen ist.

Die Tage vergehen jetzt schneller als vor meinem Besuch bei der Rückführungstherapeutin. Ich fühle mich wie eine andere. Mein

Blick auf die Menschen und das, was geschieht, ist klarer und verständiger geworden. Mein Geist ist leicht, der Körper auch.

Auf dem Regal in meinem Zimmer liegen unberührte Schokocroissants; ich habe keinen Hunger auf Süßes.

Ich fühle mich wie ein Schiff, das auslief, um den Ozean zu durchqueren, und einige Stürmen durchmachen musste, bevor es zu neuen Ufer gelangte. Völlig beruhigt gehe ich meinen alltäglichen Aufgaben nach.

Nur ein leichter Muskelkater und erste Zeichen der Erschöpfung machen sich bemerkbar und ich rufe die Therapeutin an, um zu fragen, ob das normal ist.

»Während einer Rückführung und danach können einige physische Symptome auftreten: Hautreaktionen, Muskelkater, Erschöpfung. Es kann sein, dass die Klienten plötzlich fremde Sprachen sprechen, Katerina. Die Emotionen im auslösenden Ereignis auszuleben, ist ganz normal«, erklärt sie mir und ich bin ihr sehr dankbar, dass ich mich jetzt besser fühle.

Diese Rückführung hat meine Wahrnehmung geschärft und ich habe keine Angst mehr vor meinen Albträumen.

Nur eine Sache geht mir nicht aus dem Kopf:

Kann ein Mensch, der mir viel bedeutet, so schnell aus meinem Leben verschwinden, wie er gekommen ist? Obwohl wir uns wohlfühlten und eine wunderschöne Nacht verbrachten, meldet sich Johannes nicht mehr.

Was ist passiert?

Hat er schon geheiratet oder ist er einfach durch die vielen Projekte überlastet? Er war sich sehr sicher, dass er für mich da sein wird. Falls er sich meldet, soll ich ihm von meiner inneren Reise erzählen? Wie würde er reagieren?

Während ich auf dem Weg zum Klavier bin, klingelt mein Handy. Ich bleibe stehen und kann kaum noch atmen.

»Hallo, Katerina, ich bin`s, Johannes. Wohin bist du verschwunden? Ich habe mir Sorgen um dich gemacht.

Ich möchte dich sehen. Wo bist du? Bleib, wo du bist, ich hole dich ab.«

Mir bleibt keine Zeit zum Überlegen und so antworte ich ganz spontan: »Hallo, Johannes. Ich bin in der Stadt. Wir können uns im Gold treffen, ich habe heute Abend frei.«

Er ist irgendwie ungeduldig und geradezu drängend am Telefon. Das überrascht mich. Er ist von Natur aus sehr ruhig und geduldig.

»Ich warte auf dich, Katerina«, sagt er und legt auf.

Als ich eine halbe Stunde später die Tür zum Gold öffne, sieht Johannes anders aus als für gewöhnlich. Er wirkt angespannt. Sein hellblaues Hemd ist voller Falten, die Jeans und die Sandalen sehen aus, als hätte er eine lange Fahrradtour hinter sich. Als er mich sieht, wird sein Gesichtsausdruck entspannter und ein kleines Lächeln erscheint in seinen Augen. Der Dreitagebart scheint ein Mehrtagebart zu sein. Er steht vom Hocker an der Bar auf, umarmt mich und küsst mich auf die Wange. Normalerweise sind seinen Begrüßungen weniger emotional. Mir gefällt diese Begrüßung und ich setze mich neben ihm an die Bar.

»Was möchtest du trinken, Katerina?«, fragt er, seine Augen suchen nach meinen wie ein Dürstender in der Wüste, der den Wasservorrat aufgebraucht hat.

»Lass mich raten«, sage ich, um die Atmosphäre aufzulockern und ihm zu helfen.

»Ein Kunde ist sauer, weil sein Projekt nicht seinen Vorstellungen entspricht.«

Ich mache eine kleine Pause und sehe, wie er sein Bier auf einmal leer trinkt. Mein Bier steht unberührt vor mir.

»Du hast verdorbenen Fisch gegessen«, sage ich und schmunzle bei der Vorstellung, wie sein Gesicht dabei aussehen könnte. Ich hatte das schon mal bei Fabrizio erlebt und erinnere mich an seine komischen Grimassen.

»Dein Auto streikt und ist in einer Sackgasse in Rastatt stehen geblieben. Der Automechaniker kommt nicht.« Ich höre nicht auf mit dem Ratespiel. Irgendwie muss es mir doch gelingen, ihn aufzuheitern. Er dagegen schweigt weiter. Ich warte ab.

»Ich habe Schluss gemacht«, sagt er endlich.

»Was? Das ist nicht dein Ernst, Johannes.«

»Sie hat mir eine Szene gemacht, weil ich nicht zweihundert Gäste bei der Hochzeit dabei haben wollte.«

»Ich denke, mit Clara kann man reden«, versuche ich, das etwas herunterzuspielen.

»Es ist aus, Katerina. Ich habe mich geirrt. Ich liebe sie nicht mehr. Und ich will nichts mehr mit ihr zu tun haben. Ihr Vater kontrolliert ihr Leben und er wollte auch meines unter seine Herrschaft bringen.« Johannes schaut mich an und als er sieht, dass ich aufmerksam zuhöre, spricht er weiter. »Er wollte, dass ich in seinen Verlag einsteige, mein Büro aufgebe und nach München umziehe. Ich liebe meinen Beruf, Katerina. Das ist mein Traum wie auch deiner. Das aufzugeben, ist zu viel verlangt. Ich heirate sie nicht.«

»Es ist deine Entscheidung, Johannes. Überlege es dir, damit du später nicht bereust, die Chance verpasst zu haben. Clara ist eine gute Partie.«

»Ich möchte mein Geld selbst verdienen. Das mache ich auch. Ich kann in jedem Land der Welt arbeiten. In Deutschland zu arbeiten, bedeutet mir viel. Ich will hier mit meinen Projekten Menschen glücklich machen. Meine Familie und Freunde freuen sich, wenn ich da bin und sie unterstütze.«

Ich warte, dass er »Du bedeutest mir auch viel, Katerina!« sagt. Ich weiß nicht, was ich sagen soll. Soll ich ihn trösten, oder besser schweigen und da sein, ohne zu reden, nur bei ihm sitzen und seine Nähe spüren? Instinktiv entscheide ich mich für die zweite Variante.

Wir trinken gemeinsam unser Bier und er bestellt noch eine weitere Halbe.

»Warst du schon bei der Rückführungstherapeutin?«

»Ich habe auf dich gewartet«, lasse ich ihn wissen und merke selbst, wie bitter ich klinge.

»Tut mir leid, Katerina. Ich habe momentan andere Sorgen, vier Projektfristen sind nicht eingehalten worden, und das mit Clara. Es kommt alles auf einmal.«

»Schon gut.«

»Mir ist vieles klar geworden«, fasse ich mich kurz. Ich habe keine Lust, jetzt darüber zu berichten, in einem Lokal, in das die Leute kommen, um sich von der Arbeit abzulenken und ein bisschen Spaß zu haben. Nicht jetzt.

Obwohl ich merke, dass er nicht locker lässt, denke ich an ulkige Situationen aus dem Zusammenleben mit meinen lustigen WG-Mitbewohnern. Ich erzähle, wie Fabrizio, wild mit einem Kochlöffel gestikulierend, den er gerade aus einem Topf mit Tomatensoße gezogen hatte, durch die Küche marschiert ist. Mit dem Löffel, von dem die rote Soße tropfte, sah er aus wie ein blutrünstiger Krieger. Johannes lacht und wir beide stellen fest, dass wir Hunger haben, und bestellen Burger.

Nach ein paar Stunden begleitet mich Johannes zu meiner Wohnung und wünscht mir gute Nacht. Der Gute-Nacht-Kuss hat einen bitteren Beigeschmack.

»Morgen ist auch ein Tag, ich rufe dich an«, sagt er und verschwindet in der Dunkelheit.

Wie soll ich ihm erzählen, wer ich in der Vergangenheit war, denke ich. Wie erzähle ich ihm, dass ich eine Priesterin des Apollon war, dass ich Orakel von Delphi war. Wenn ich jetzt mit meinen Problemen komme, laufe ich Gefahr, dass ich ihn nicht wiedersehe. Obwohl er fragte, wie es war, glaube ich, dass er es gar nicht wissen möchte. Ebenso wenig, was sich für mich verändert hat und wie ich mich danach fühle. Ich kann ihm sagen, dass ich keine Albträume mehr habe, seit ich bei Frau Forst war.

Ich wünsche mir, dass er mich versteht, mich umarmt und mir in die Augen schaut. Dann wird die Welt für uns beide aufhören zu existieren. Es wird nur diesen Moment geben, in dem wir zusammen sind.

Katerina, hör auf, sage ich mir. Komm in die Realität zurück, Mädchen. Dem Prinzen einen Gutenachtkuss geben. Ich lächle.

Danach gehe ich in Gedanken versunken zu meiner Wohnung, die Geräusche der Außenwelt nehme ich nicht wahr. Wie ferngesteuert gehe ich durchs Bad und in mein Zimmer, bis ich schließlich im Bett liege und in einen unruhigen Schlaf sinke.

Am nächsten Tag ruft Johannes um fünf Uhr nachmittags an, weil er weiß, dass dann die Vorlesung beendet ist.

»Lust auf ein Eis?«, fragt er.

»Eis ist immer gut«, sage ich und denke an Menschen, die ihr Leben versüßen wollen, wenn es bitter wird.

»Ich sitze in einer Eisdiele, La Dolce Vita«, sagt Johannes, und ich weiß, wo er ist.

»In zwanzig Minuten bin ich da«, antworte ich und gehe nach draußen, wo mein Fahrrad steht.

Die Sonne scheint kräftig und ich habe mein Lieblingskleid an. Es ist weiß mit kleinen blauen Punkten, kurz und sehr leicht. Ich sehe fraulich in diesem Kleid aus. Die Wirkung habe ich schon bei meinen Mitbewohnern getestet.

»Du bist heute meine Prinzessin, Katerina«, sagte Fabrizio und Timo brachte vor Staunen keinen Ton heraus, als sie mich sahen.

Ich muss noch Lippenstift auftragen und einen Hauch red lotus oil, nur ein paar Tropfen. Wie sehr ich mir doch wünsche, dass das Beisammensein mit Johannes harmonisch abläuft und uns einander wieder näher bringt. Ich eile mit gemischten Gefühlen zum Treffen.

Auf der gegenüberliegenden Seite der Sofienstraße sehe ich ihn draußen sitzen und auf einen Punkt vor sich in die Leere starren. Ich bin froh, dass er mich nicht sieht, überquere die Kreuzung und schaue wieder, ob er mich bemerkt hat. Er hat. Ein Lächeln erscheint auf seinem Gesicht wie ein neuer Mond, der noch nicht sicher ist, ob er die Reise um die Erde unternehmen möchte. Er winkt und verfolgt meine Schritte mit dem Fahrrad zu ihm.

»Schön siehst du aus, Katerina, wie immer«, sagt er, steht auf und küsst mich auf die Wange. »Bevor du es dir gemütlich machst, kannst du drinnen an der Vitrine auswählen, welches Eis du essen möchtest«, erinnert er mich an die süßen Verführungen, die hier auf uns warten.

»Heute bin ich blau«, sage ich, als ich zurückkomme.

»Was meinst du?«, fragt er verständnislos.

»Ich nehme heute das Delfin Eis, es hat eine interessante hellblaue Farbe.«

Der Kellner nimmt unsere Bestellung auf und entfernt sich vom Tisch.

»Du wolltest mir in Ruhe erzählen, wie es war.«

»Es war...ich hatte das Gefühl, dass ich gleichzeitig in zwei Welten bin und Bilder sah, die ich schon kannte.«

»Die Bilder kanntest du schon?«, fragt Johannes und ich merke, dass er abwesend wirkt.

Trotzdem fahre ich fort. »Kennst du dich mit der griechischen Geschichte aus?«

»Was die Architektur betrifft, ja. Sag schon«, er wird ungeduldig.

»Ich war eine Priesterin, die von den Tempelpriestern in Delphi als Orakel der Pythia eingesetzt wurde. Ich saß auf einem Dreifuß und ich sollte bestimmte Rituale im Apollontempel durchführen, um den Menschen weiszusagen. Sie kamen von überall her zu mir. Danach wurde ich verfolgt und sprang von den Klippen ins Meer, um meinen Verfolgern zu entkommen.« Ich mache eine kleine Pause und schaue zu ihm.

Seine Augen suchen meine. »Du warst eine Hexe? Das ist nicht dein Ernst, Katerina. Und diese Frau hat dir geholfen, einen Blödsinn herauszufinden? Du glaubst ihr doch nicht etwa? Ich bin schockiert. Du... du bist verrückt«, flüstert er vor sich hin und glaubt wohl, dass ich es nicht höre.

Der heftige Widerstand von Johannes lässt mir einen Schauer über den Rücken laufen. Es verschlägt mir die Sprache. Meine zitternde Hand rührt im Eis, zuerst in einer, dann in der anderen Richtung. Er hält alles für Humbug und glaubt, ich sei nicht recht bei Trost. Dabei weiß er doch kaum etwas darüber.

Ich versuche es nochmals: »Eine Priesterin ist keine Hexe, sie ist eine Frau, die die Gabe hat, den Menschen zu helfen. Sie kamen und ich sollte ihnen die Zukunft voraussagen. Das war auch das Problem. Ich durfte nichts anderes sagen als das, was mir die Priester befohlen haben. Ich konnte meine Bestimmung nicht ausleben und den Menschen die Wahrheit sagen. Ich sollte mit mehrdeutigen Sprüchen, Reimen und kurzen Sätzen reden, sodass die Menschen ihre eigenen Schlüsse zu ziehen hatten. Nichts geschah, nicht mal ein Krieg wurde begonnen, bevor ich befragt wurde.«

»Erzähl weiter, Katerina«, sagt er und ich habe das Gefühl, dass er sich von mir entfernt. Wie ein Stern, der von oben kühl herabschaut, Millionen von Lichtjahren von der Erde entfernt.

»Es gibt nichts mehr zu erzählen. Das ist die Inkarnation, sagte die Therapeutin, die mir hilft, meine Albträume und Ängste loszuwerden. In ein paar Monaten, wenn ich mich ausgeruht und über alles nachgedacht habe, wird der nächste Termin sein.«

Ich sage Johannes nicht, dass ich ihn in jenem Leben gesucht und nicht gefunden habe, spüre, wie ich mich innerlich verschließe und mich auf einen weiteren Angriff vorbereite.

»Katerina, entschuldige, ich muss jetzt gehen«, sagt er plötzlich, legt einen blauen Geldschein auf den Tisch und steht auf. »Ich melde mich, muss wirklich gehen.«

Diesmal gibt es keinen Kuss, kein Händeschütteln und keine Wünsche für einen guten Abend oder eine gute Nacht. Nichts.

Um mein Herz bildet sich ein eisiger Panzer.

Verdammt. Ich konnte nicht wissen, dass er so abweisend und harsch reagieren würde. Soll ich ihm nachlaufen und fragen, wo mein Fehler ist, oder soll ich sitzen bleiben wie eine versteinerte Museumsfigur, verirrt am falschen Platz und in der falschen Zeit?

Dabei wollte ich mit ihm ehrlich sein und ihm alles erzählen. Seine Reaktion erschüttert mich. Ich hatte nicht erwartet, dass er sich so verhalten würde.

Ich kann verstehen, dass er in einer turbulenten Lebensphase steckt und Zeit braucht, um das Ende der Beziehung zu Clara zu verarbeiten.

Will er überhaupt, dass wir zusammen sind, wenn er so reagiert? Er glaubt nicht an solche Fähigkeiten, wie ich sie habe. Das hat er mir deutlich gezeigt.

Müssen die Menschen alles negieren, was sie nicht verstehen und mit dem sie keine Erfahrung haben? Ich habe ihm nur die kürzeste Version meiner Rückführung erzählt und nicht die Details.

Er glaubt sowieso nicht, dass die menschlichen Seelen viele Inkarnationen durchleben. Sie treffen sich, verlieben sich, können aber ihre Liebe nicht ausleben. Einer stirbt, dem anderen wird verboten, die Liebe zu erleben; alles wird zu einem persönlichen oder familiären Geheimnis. So treffen sich die Seelen wieder, in einem anderen Leben, um die Freiheit der Entscheidung, sich zu verlieben, auszuleben. Den Augenblick der Begegnung bezeichnen die Menschen als Liebe auf den ersten Blick. Es gibt den zweiten und den dritten Blick.

Worüber denke ich nur nach? Als sich das Café füllt und mein Eis sich in eine sahnige Flüssigkeit verwandelt hat, stehe ich auf und gehe nach Hause. Das Gefühl, verlassen zu sein, lässt mich nicht los. Ich muss Frau Forst anrufen.

Nach dem dritten Klingelton geht sie ans Telefon. »Katerina, was ist passiert?«

»Ich... mein Leben ist eine volle Katastrophe. Trotz der Rückführung, ist mein Leben nicht besser geworden.« Ich schweige und warte.

»Katerina, beruhige dich! Es dauert eine Weile, bis die Seelenteilen aus der Vergangenheit heilen. Habe Geduld mit dir. Alles kommt in die richtige Ordnung, du wirst es sehen. Hast du noch die Albträume?«

»Die habe ich nicht mehr«, sage ich und atme leichter.

»Siehst du, der Seelenanteil der damaligen Frau wurden nun geheilt. Das Gute daran ist, dass du, Katerina, die Sensitivität hast. Doch das Schlechte von damals durfte jetzt gehen und wird nicht mehr kommen. Du bist eine wunderbare junge Frau, Katerina. Vertraue dir. Du kannst mich jeder Zeit anrufen, wenn du Hilfe brauchst«, beendet sie das Telefonat.

Mir wird bewusst, dass sie recht hat. Meine schrecklichen Albträume sind weg, der Seelenanteil der Vergangenheit ist geheilt und ich bin sensitiv. Oma Eleni würde sagen, Kind, nimm das Gute in dir und gehe weiter deinen Weg. Diesmal mache ich den ersten kleinen Schritt und erreiche mein Bett.

Nach dem Treffen überkommt mich bei jedem Aufwachen eine große Lustlosigkeit. Er wird sich nicht mehr melden. Diese Erkenntnis versetzt mir einen Stich ins Herz. Alles, wofür ich jetzt aufstehe, ergibt plötzlich keinen Sinn mehr. Ich studiere für den Beruf, den ich später ausüben möchte. Dabei habe ich nur noch einen Versuch, die Prüfung zu bestehen. Falls ich durchfalle, darf ich hier an dieser Hochschule nicht weiter studieren. Ich spiele Klavier, um meine finanzielle Lage zu verbessern. Das Praktikum geht auch weiter und die WG-Mitbewohner sind nett, aber zahlungsunfähig. Was soll das alles, wenn sich der Mann nicht meldet, bei dem ich mich sicher und wohl fühle?

Trotzdem schaute ich öfter als sonst auf mein Handy. Den Moment, in dem er sich meldet, will ich nicht verpassen. Das ist im Moment die einzige Aufgabe, die es für mich gibt. Das Wichtigste im Leben. Nach zwei Tagen bangen Wartens auf einen Anruf von ihm gehe ich wieder auf die Straße, um zu spielen. Ich lasse die Vorlesungen ausfallen, nehme den Rucksack und eile zur Kaiserstraße, wo mein Lieblingsklavier steht.

Das Instrument erscheint mir jetzt wie ein Anker im Ozean der Katastrophen, die mich verfolgen. Gestern habe ich eine weitere Mahnung für die Wohnung bekommen; Strom- und Wasserrechnungen müssen beglichen werden, sonst droht das Abschalten. Die Miete für drei Monate ist auch fällig. Fabrizio hat seinen Anteil nicht bezahlt. Ich lasse mich immer wieder vertrösten, wenn ich ihn daran erinnere. Er hält mich hin mit der Ausrede, er erwarte einen großen Betrag und dann werde er alles begleichen. Wobei ich nicht weiß, woher das Geld kommen sollte.

Draußen auf der Straße genießen die Menschen das sommerliche Wetter. Die Frauen sind leicht und farbenfroh gekleidet; den Männern gefällt es, ihre Muskeln präsentieren zu können. In diesem Sommer scheint es eine neue Mode zu sein, Socken mit Sandalen zu tragen, denke ich, als ich weiße Socken in schwarzen Sandalen neben mir stehen sehe. Nach dem ersten Musikstück sind die Socken das Erste, das ich bemerke. Mein Kopf ist gesenkt und als ich ihn hebe, sehe ich vor mir zwei klatschende Menschen – eine Frau und einen Mann. Beide lächeln.

»Sie sehen sehr unglücklich aus«, sagt die Frau mit den silbergrauen Haaren. Ihre Stimme ist sanft und klingt ähnlich wie die meiner Oma Eleni. Auch die optische Erscheinung der Frau lässt mich staunen.

»Das würde ich auch sagen«, höre ich die Stimme des Besitzers der weißen Socken. Es ist ein junger Mann, Mitte dreißig, mit kurzer Hose und einem farbenfrohen Hawaii-Hemd. Sieht lustig aus, wie ein bunter Vogel, der auf der Suche nach einem Weibchen ist. Diese Erkenntnis über seine Lebenssituation kommt mir in Sekundenschnelle, noch bevor ich etwas sagen kann.

»Ich bin Rita«, stellt sich die Frau vor.
»Mein Name ist Gregor«, sagt der junge Mann.
»Katerina Anastassopoulos«, stelle ich mir vor.
»Katerina, Sie spielen so schön. Ich stehe hier schon eine Weile. Als Sie von Schumann zu italienischen Romanzen überleiteten, dachte ich mir, ich muss Sie unbedingt ansprechen und meine Geschichte erzählen. Sie sehen so traurig und unglücklich aus. In Ihrem Leben muss etwas Schlimmes passiert sein. Vielleicht kann ich Ihnen ein bisschen Mut machen.« Rita macht eine kleine Pause, schaut zu Gregor und mir und fährt fort: »Wir kannten

uns so lange, ich und mein Mann. Er war ein Freund meiner Familie. Als ich meine Ausbildung als Übersetzerin abgeschlossen hatte, heirateten wir. Vor zwei Jahren wurde er krank und sechs Monate danach starb er. Vor seiner Erkrankung reiste er viel und gerne. Letztes Jahr wurde bei mir Krebs diagnostiziert. Ich fiel in ein tiefes Loch.« Einen Moment sieht Rita in die Ferne, dann sagt sie: »Es mag seltsam klingen, aber ich habe sofort gespürt, dass Ihre Musik etwas in mir bewegt. Sie erinnert mich daran, wie viel Schönes es doch auf der Welt gibt. Ihre Musik gibt mir neue Impulse; ich habe schon ein paar gute Ideen, wie ich meine Zeit sinnvoll verbringen kann.« Rita lächelt und schaut zu Gregor. »Und Sie, junger Mann, gefällt Ihnen die Musik von Katerina?«

»Sie spielen so, dass ich Ihre Musik vor meinem inneren Auge sehen kann. Ich war auch traurig. Meine Freundin hat mich verlassen. Das war die zweite Beziehung, die scheiterte. Vor Kurzem habe ich für mich entdeckt, dass ich durch Musik und Farben mehr Freude in mein Leben bringen kann. Ich bin Manager in einem internationalen Computerunternehmen. Sehr stressiger Job. Sich zu betrinken macht trübsinnig, verursacht Kopfschmerzen und bringt keine Lösung. Das habe ich am eigenen Leib erfahren.«

»Ich nehme an, Sie studieren hier«, sagt Rita, um das Gespräch wieder auf mich zu lenken.

»Ja, Architektur. Ich bin leider bei einer Prüfung durchgefallen, mir bleibt nur noch ein Versuch, sonst muss ich in Karlsruhe aufhören. Außerdem... ich habe jemanden getroffen, der mich glücklich macht. Er ist Architekt, hat ein eigenes Büro. Hat kürzlich Schluss mit seiner Freundin Clara gemacht.«

»Und Sie warten, dass er sich meldet? Oder hat er auch mit Ihnen Schluss gemacht?«, fragt auf einmal Gregor.

»Ich kann mir vorstellen, dass er mit der Situation überfordert ist und sich zurückzieht«, bemerkt Rita. »Er wird sich melden, bestimmt, Katerina.«

»Spielen Sie noch weiter für uns?«, fragt Gregor. »Kennen Sie Ludovico?«

»Sie meinen Ludovico Einaudi, den italienischen Komponisten?«, helfe ich ihm.

»Genau der, er hat wunderschöne Melodien komponiert, die ich manchmal höre. Sie geben mir die Hoffnung, dass ich die Liebe meines Lebens finden werde«, sagt Gregor und wartet, dass ich ein weiteres Stück spiele.

In einem hast du recht, junger Mann mit den Socken, sage ich mir. Das hilft auch mir, den Weg zu mir zu finden und mich den Tatsachen zu stellen. Das Display des Handys wird kein Wunder vollbringen, auch wenn ich ständig draufschaue.

Wenn die Menschen wüssten, dass mein Klavierspiel parallel zu einem inneren Gespräch abläuft, würden sie sich wundern. Oder zumindest staunen, wie ich es erlebe.

Da sind Bilder, die meine Sehnsucht nach Liebe ausdrücken. Da sind Symbole, die ich manchmal nicht verstehe. Da sind Wörter und Sätze, die wie aus dem Nichts auftauchen. Ich habe das Gefühl, jemand steckt in meinen Gedanken und lässt sie einen nach dem anderen auf einer Bühne erscheinen. Die Bühne meines inneren Lebens.

Ich wünschte mir, dass ich darüber mit Johannes sprechen könnte, dass ich über meine Erlebnisse reden könnte ohne die Befürchtung, beschimpft, kritisiert und missverstanden zu werden.

Ich beende das Stück, und neben den beiden netten Zuhörern stehen noch ein paar andere, die ebenfalls klatschten.

»Vielen Dank für Ihre schöne Musik, Katerina«, verabschiedet sich Rita, »wir treffen uns bestimmt wieder, unsere Stadt ist nicht so groß.«

»Spielen Sie weiter, Katerina, auch für andere Menschen. Sie brauchen Ihre Musik. Ich werde oft vorbeikommen und meine Ohren spitzen, ob Sie spielen. Danke für Ludovico«, Gregor verabschiedet sich mit einer kleinen Verbeugung.

Die beiden machen mich nachdenklich. Ich sitze noch eine Weile vor dem Klavier. Leichte Rückenschmerzen haben sich eingestellt. Der Rücken ist die schwächste Stelle aller Klavierspieler. Die Anstrengung, gerade zu sitzen und gleichzeitig Hände und Füßen in Bewegung zu setzen, kostet viel Kraft. Die Virtuosen verbringen stundenlang mit Übungen am Klavier. Um das zu bewältigen, müssen sie fit sein. Leider habe ich in der letzten Zeit meine Fitness vernachlässigt. Das macht sich jetzt bemerkbar. Ich dehne den Rücken, lasse den Kopf hin und her kreisen und stehe auf. Ich habe seit Stunden nicht gegessen und getrunken. Auf dem Weg nach Hause kaufe ich mir eine Flasche Mineralwasser, ein Bier und eine tiefgefrorene Pizza. Fabrizio wird mich wieder mit seinen dummen Sprüchen ablenken wollen, damit ich vergesse, dass er die Miete bezahlen muss.

KAPITEL 10

In den kommenden Tagen denke ich ständig an Johannes. Was er gerade macht, wo er ist, ob er an mich denkt und sich an unser Treffen erinnert. Ich stelle mir oft vor, wie wir beide am Meeresstrand sitzen. Seine Hände liegen auf meinen Schultern, mein Kopf an seiner linken Schulter. Unsere Blicke folgen dem ewigen Rhythmus der Wellen, die sich dem Strand nähern und wieder entfernen. Wir schweigen. Ein warmes Gefühl erfüllt mein Herz und ich weiß, dass er das Gleiche empfindet.

Das Einzige, das mir noch Halt gibt, ist mein Spiel im Gold und auf der Straße. Ich gehe oft zum Klavier auf der Straße in der Hoffnung, zufällig Rita oder Gregor zu begegnen. Sie sind wie vom Erdboden verschluckt. Mein suchender Blick endet in der Leere.

Die Menschen, die nach meinem Spiel klatschen, sich bedanken und lächeln, verschwinden so schnell aus dem Gedächtnis wie das fließende Wasser, das keine Spuren hinterlässt. Ich erinnere mich an die Worte, die Gregor sagte, dass ich mit meiner Musik den Menschen helfen könne, und lache innerlich. Ich kann die Berge von Problemen nicht beseitigen. Das Einzige, was für mich jetzt zählt, ist der Wunsch, Johannes noch mal zu sehen. Mich in seinen Augen verlieren, seinen Duft riechen, sein Herz spüren, sein Wesen mit allen Fasern meines Körpers wahrnehmen. Einfach mit ihm zusammen sein und den Moment genießen.

Als ich nach dem Klavierspielen in Richtung Europaplatz unterwegs bin, entscheide ich mich spontan, ins Emaille zu gehen. Den Ort aufzusuchen, wo wir die Stunden vor unserer Nacht verbracht haben, wird mir Kraft geben, hoffe ich.

Unser Tisch ist besetzt und ich schaue mich nach einem anderen um. Gerade ist ein Platz am Fenster frei geworden und ich setze mich dorthin, bestelle ein irisches Bier und versinke in der dunklen Flüssigkeit, auf der Suche nach Johannes. Die Welt, um mich herum, hört auf zu existieren. Bei dem einen Bier bleibt es nicht. Nach dem zweiten kommt noch eins, und dann noch ein weiteres. Die junge Frau, die mich bedient, bittet, dass ich die Rechnung begleiche, ihre Schicht endet gleich. Ich schaue auf die Uhr. Es ist achtzehn Uhr. Zu früh, um nach Hause zu gehen. Zu spät, um etwas anderes anzufangen.

Alles, was ich mache, scheint mir ohne Bedeutung. Die Gesichter um meinen Tisch herum sind andere, das Gelächter ist das Gleiche geblieben. Die Menschen gönnen sich nach einem anstrengenden Tag ein Bier mit Bekannten und Freunden, unterhalten sich über den Tag, verlieben sich vielleicht sogar ineinander. Wollen Zeit zusammen verbringen.

Mein Blick bleibt an den Schildern an den Wänden hängen. Ich mag sie. Sie sind dieselben geblieben. Schilder aus einer vergangenen Zeit. Wenn ich eine Werbeagentin wäre, könnte ich hier die Geschichte der deutschen Werbung studieren. So zahlreich und unterschiedlich sind die Schilder, die die Wände des Emaille schmücken.

Eine andere junge Frau kommt und nimmt meine nächste Bestellung auf. Als sie sieht, dass mein Blick verschwommen ist, sagt sie, ich solle besser nach Hause gehen. Sie würde mich zur Tür begleiten. Ich bezahle und suche bei ihr den Halt, den ich mir von Johannes gewünscht habe. Die junge Frau wünscht mir an der Außentür einen guten Heimweg und lässt mich stehen. Sie müsse weiter arbeiten, die Kunden warten. Auf mich wartet keiner.

Ich setze mich auf eine der runden Stahlrohrbänke. Vor meinen Füßen entdecke ich eine leere McDonalds-Schachtel und einen Colabecher mit einem geknickten Strohhalm drin. Die Teenies hinterlassen überall ihre Spuren. Auch das ist jetzt ohne Bedeutung. Ich stoße die Hinterlassenschaften zur Seite und habe auf einmal Lust auf eine Zigarette. Das junge Pärchen, das ich frage, ist Nichtraucher. Kurz darauf kommt eine Frau vorbei, die mir eine Zigarette und Feuer gibt.

»Es wird alles gut«, sagt sie zu mir, »gehen Sie nach Hause.«

»Ich habe kein Zuhause, mein Zuhause ist Johannes«, sage ich, ohne zu zögern. Sie nickt und verschwindet. Die Zigarette schmeckt nach Regen. Meine Haare sind nass.

Steh auf, Katerina, sage ich mir, steh auf. Geh nach Hause, Katerina. Nach Hause.

Wo ist mein Zuhause? Ich stehe auf und setze mich mit torkelnden Schritten in Bewegung, wie jemand, der zu reichlich dem Alkohol zugesprochen hat und gerade die Kneipe verlässt. Bäume, Menschen und Häuser schwanken. Auch die Autos. Wie interessant. Daraus kann ich ein Modell entwickeln. Die Absurdität dieser Idee lässt mich auflachen. Ich bleibe vor einem Schaufenster stehen. Wer ist das? Das Bild einer Frau, die mir völlig fremd ist. Eine Frau, die ihren Weg verloren hat und nicht weiß, wohin.

Warum ruft er mich nicht an? Was ist mit uns? Ich kann es nicht verstehen. Er sagte, er fände mich attraktiv und schön. Ist er in mich verliebt oder tut er nur so? Ich möchte, dass er bei mir ist, mich in die Arme nimmt und mich küsst.

Glockenläuten unterbricht meine Betrachtung im Schaufenster und ich gehe langsam mit wackeligem Gang nach Hause.

Vor der Tür steht ein großer Berg von Kartons, Möbeln, Stühlen und anderen Sachen aus unserer Wohnung. Was ist hier los? Wo sind meine Mitbewohner?

Endlich finde ich den Wohnungsschlüssel und versuche, die Tür aufzusperren. Vergeblich. Der Schlüssel passt nicht. Ich rufe Timo an, um zu erfahren, was hier los ist. Er weiß von nichts, weil er mit einer Gruppe für die Prüfung lernt. Fabrizio geht überhaupt nicht ans Telefon.

Ich setze mich auf eine Treppenstufe. Die Tränen kommen von selbst. Ich fühle mich hilflos und ausgeliefert. Jetzt bin ich ohne Wohnung, weil die Miete nicht bezahlt wurde. Morgen ist meine letzte Chance, die Prüfung zu bestehen. Ich muss etwas unternehmen, sonst schlafe ich hier draußen. Den Vermieter anzurufen, scheint mir sinnlos; er hat uns rausgeworfen, so ein gemeiner Kerl. Wie kann man so herzlos sein?

Ich hätte nicht gedacht, dass es so weit kommen würde und gehofft, dass wir noch mindestens bis zum Ende des Sommers bleiben könnten.

Mein Kopf wird schwer und sinkt an die Treppenwand. So schlafe ich ein.

»Katerina, Katerina, wach auf«, ruft jemand.

Ich öffne mit Mühe die Augen, reibe sie und sehe vor mir eine Jeans. Der ordne ich das Gesicht von Timo zu. Das Aufstehen kostet mich viel Kraft und mir wird schlecht.

»Was machst du hier, Katerina? Hast du hier geschlafen?«, fragt er wie bei einem Verhör. »Du siehst schrecklich aus«, ergänzt er.

Plötzlich fällt mir ein, dass ich heute Prüfung habe.

»Was machen wir jetzt, Katerina? Hast du unseren Vermieter angerufen?«, fragt er ungeduldig.

»Lass mich in Ruhe! Ich muss zur Prüfung, sonst falle ich endgültig durch.«

»Du kannst in dieser Verfassung nicht in die Uni gehen, Katerina.«

»Bist du mein Kindermädchen? Klar kann ich!« Meine rebellische Natur meldet sich. »Ich muss mich nur rasch frisch machen. Wo sind bloß meine Klamotten?«

Ich reiße den erstbesten Karton auf und fische bunte Männerklamotten heraus, die vermutlich Fabrizio gehören. Im vierten Karton finde ich meine Sachen und packe, was ich brauche, in den Rucksack. Den Weg zur Uni kann ich nur im Schneckentempo bewältigen. Als ich ankomme und die Toilette im Gebäude 5 erreiche, wo ich mich frisch machen will, hat meine Prüfung längst begonnen.

Das Make-up kann meine Augenringe nicht verdecken und das frische T-Shirt hat Falten wie eine Ziehharmonika oder ein Fächer. Als ich mich im Spiegel sehe, erschrecke ich. An dem blassen Gesicht, den Augenringen und den zerzausten Haaren werden die anderen gleich erkennen, dass es mir nicht gut geht. Aber so extrem habe ich bisher noch nie ausgesehen. Ich fühle mich lustlos und verloren; alles ist mir gleichgültig. Nur die Tatsache, dass ich meine letzte Chance nicht verpassen darf, gibt mir für kurze Zeit ein bisschen Kraft. Ich setze mich auf den Boden.

Wie viel Zeit vergangen ist, weiß ich nicht.

Eine zuknallende Tür reißt mich aus meinem halb wachen, antriebslosen Zustand.

»Der kann mich mal!«, höre ich eine Frauenstimme schreien.

Ich muss endlich rausgehen und den Prüfungsraum finden. Hoffentlich sind noch alle da. Auch Professor Walter.

Über das, was danach geschieht, möchte ich lieber nicht nachdenken. Ein Tag, der sich in mein Gedächtnis einbrennt. Ich betrete den Prüfungsraum und gehe sofort wieder raus. Ich habe mein Modell nicht dabei und ohne ein Modell werden die Studierenden nicht zur Prüfung zugelassen. Wie konnte ich es nur vergessen? Eine ungeheure Wut auf mich selbst packt mich. Wie konnte ich vergessen, das Modell mitzunehmen? Dabei war es ja fertig und ich hätte es dem Professor präsentieren können.

Jetzt ist alles verloren – mein Studium, meine Wohnung, Johannes. In so einer katastrophalen Lage war ich noch nie in meinem Leben.

»Katerina, Katerina, warte mal«, ruft Moni, die mich entdeckt, als ich nach unten gehe. »Na, wie ist es gelaufen?«

»Das war`s mit mir, Moni. Kein Studium, keine Wohnung, kein Johannes. Nichts. Ich bin eine Versagerin«, sage ich und in

diesem Moment wird die leise Stimme in mir auf einmal laut.
»Du irrst dich«, sagt mir die Stimme.
»Doch, das bin ich«, wiederhole ich fast hysterisch und fange an zu weinen.

Die nächste halbe Stunde versucht Moni, mich zu trösten. Mein Herz versinkt in eisiger Kälte, ich kann nichts mehr fühlen. Ich weiß nicht, wo ich hingehen soll. Meine Sachen stehen auf der Treppe. Ebenso unerwünscht wie ich. Wohin kann ich jetzt? Unter die Brücke, wie die Obdachlosen in unserer Stadt, oder zum Hauptbahnhof. Dort gibt es wenigstens Essen. Mein Geld ist auch knapp. Erst übermorgen kann ich ins Gold gehen und Klavier spielen. Bis dahin bleibt mir nichts anderes übrig.

»Tut mir leid, Katerina, ich kann dich nicht mit zu mir nehmen. Mein Zimmer ist zu klein und ich teile es mit einer anderen Studentin. Du kannst hier im Gebäude bleiben oder irgendwo im Garten. Gott sei Dank ist Sommer.«

»Ich weiß nicht, Moni, ich weiß wirklich nicht, was ich machen soll.« Meine Lage erscheint mir ausweglos. So tief gesunken und verloren. »Ich gehe jetzt, Moni.« Ich frage nicht, ob sie die Prüfung bestanden hat. Ich habe andere Probleme.

Ich gehe zum Schlossgarten und setze mich auf eine Bank. Es ist angenehm warm. Das Wasserbecken in der Mitte des Parks beruhigt mich. Die Spaziergänger gehen langsam vorbei, wie in einem Stummfilm. Betäubt sitze ich da und alles erscheint mir surreal. Ich schließe meine Augen, um die Vögel zu hören.

»Hallo, wachen Sie auf! Hier ist kein Schlafplatz«, höre ich eine Stimme, die mich aus dem Schlaf reißt. »Wachen Sie auf, es ist schon spät, wir schließen.«

Ein Wachmann schüttelt mich. Er macht seinen üblichen Rundgang durch den Park und hat verschlafene Besucher wie mich zu wecken.

»Schon gut, ich gehe«, sage ich und möchte keinen Ärger haben. Ich strecke mich, nehme meine Sachen und gehe zur Kaiserstraße.

Ich fühle mich völlig leer. Mein Magen ist leer, mein Kopf auch. Ich brauche ein frisches Kleid oder T-Shirt und Wasser. Mit langsamen, unsicheren Schritten gehe ich zu dem Haus, wo meine Sachen vor der Tür der ehemaligen Wohnung liegen. Da finde ich bestimmt Wasser. Außerdem muss ich eine Lösung suchen, wo ich alles unterbringen kann.

Vor dem Haus treffe ich den Nachbarn vom ersten Stock, der mit seinem Hund Gassi war. Er schaut mich wie einen

Außerirdischen an, grüßt aber trotzdem. In all dem Schlechten, was jetzt passiert, gibt es ein einziges Gutes: Die Albträume haben mich nie mehr heimgesucht. Die Seelenanteile der Frau von früher sind geheilt worden. Das nützt mir zwar im Moment gar nichts, aber ist eine Feststellung wert. Auf der Treppe nach oben wird mir schlecht. Ich stütze mich an der Wand ab und setze mich auf eine Stufe.

Die Welt um mich herum verschwindet im Dunkeln.

Eine Tür geht auf, eine Stimme ruft meinen Namen. »Katerina, geht es Ihnen nicht gut? Brauchen Sie Hilfe?«

Mehr höre ich nicht. Die Dunkelheit nimmt mich wieder auf.

Als ich später zu mir komme, höre ich eine unbekannte männliche Stimme. »Sie kommt langsam zu sich.«

Ich versuche, die Lider zu öffnen, die mir bleischwer erscheinen. Mein Kopf tut weh. Ich liege auf einem Bett oder Sofa und habe keine Erinnerung, was mit mir passiert ist, wo ich bin und wer diese Menschen sind.

Die Luft ist vom Duft frisch zubereiteten Tees erfüllt.

»Hallo, Katerina, hören Sie mich? Öffnen Sie die Augen, Sie sind in Sicherheit«, höre ich wieder die Stimme des Mannes, den ich nicht sehen kann.

Ich versuche, meinen Arm zu bewegen, und halte meinen Kopf mit der Hand über der Stirn, danach öffne ich die Augen. Ich liege auf dem Sofa in einem Wohnzimmer, das mir vertraut erscheint. Als ich die Frau sehe, die aus der Küche mit einer Tasse Tee kommt, erkenne ich Frau Knopp, die unter mir wohnt.

»Was ist passiert?«, frage ich mühsam.

»Sie sind auf der Treppe zusammengebrochen. Ihre Nachbarin hat uns angerufen, sie hat Sie gefunden. Sie sind jetzt bei ihr und brauchen ein paar Tage Ruhe, um sich zu erholen, und auf die Beine zu kommen.« Der Arzt, der mich untersucht, redet die Standardsätze. Er weiß überhaupt nicht, was ich durchmache und wird mich nicht verstehen. Ich nicke leicht mit dem Kopf als Zeichen, dass ich ihn gehört habe.

»Ich lasse Sie jetzt bei Ihrer Nachbarin, Katerina, erholen Sie sich gut. Falls es etwas gibt, kommen Sie ins Klinikum, dort werden Sie untersucht«, schlägt er vor und verabschiedet sich von Frau Knopp.

Die arme alte Dame hat wahrscheinlich einen großen Schreck bekommen, als sie mich auf der Treppe fand.

»Ich habe für uns Tee gekocht, Katerina. Zitrone mit Ingwer und Honig. Können Sie langsam aufstehen? Warten Sie, ich helfe

Ihnen«, sagt sie, als sie sieht, dass ich kaum Kraft habe. »Haben Sie überhaupt etwas gegessen?«

»Machen Sie sich um mich keine Sorgen«, versuche ich sie zu beruhigen. Gleichzeitig spüre ich meinen leeren Magen. Seit einer Ewigkeit habe ich nichts gegessen. Ich will nichts essen, das ist jetzt das Letzte, was ich brauche.

Die alte Dame gibt mir eine Tasse Tee, nimmt ihren und setzt sich neben mich. »Trinken Sie, Katerina. Nach dem Teetrinken findet man immer eine Lösung«, sagt sie und lächelt. »In Asien haben alle Völker eine hochentwickelte Teekultur, die sie schätzen und pflegen. Mein Mann hat mir damals viel darüber erzählt.«

Während ich kleine Schlucke trinke, erzählt sie von ihrem Mann und seinen Reisen. Ich möchte sie nicht unterbrechen und höre mehr auf mich als auf sie.

Wie konnte es passieren, dass ich zusammenbrach und auf der Treppe stürzte? Was ich hier erlebe, ist nicht real, sage ich mir.

Das hier ist ein neuer Albtraum. Ich bin antriebslos, ohne Geld, ohne Wohnung, ohne Studium. Johannes meldet sich auch nicht. Zu viel ohne für ein Leben.

Ich möchte mich nicht vom Fleck bewegen, am liebsten sofort einschlafen und nicht mehr aufwachen. Allenfalls aufwachen, um in die Welt der Musik einzutauchen. Nur Töne. Das ist meine Zuflucht. Da gibt es keine Probleme, keine gescheiterte Prüfung.

»Katerina, ist Ihnen wieder schlecht geworden?«, unterbricht die Nachbarin meine Gedanken.

»Kann ich mich wieder hinlegen, ich fühle mich nicht so wohl«, bitte ich.

»Warten Sie, ich richte Ihnen das Bett im Schlafzimmer und mache die Vorhänge zu. Sie können so lange schlafen, wie Sie möchten.« Sie lässt mich alleine.

Merkwürdige Frau, denke ich. Sie hilft mir, dabei bräuchte sie das nicht. Sie ist alt und auf sich gestellt. Es bereitet ihr gewiss schon Mühe genug, sich selbst zu versorgen. Diese ganze Aufregung meinetwegen belastet sie mit Sicherheit mehr, als sie sagt. Umso dankbarer bin ich ihr, dass sie sich um mich kümmert.

Ich wünschte mir, alles was ich jetzt erlebe, wäre vorbei. Johannes hätte mich wieder gefunden und will mit mir zusammen sein. Schaut mir in die Augen und findet dort die gleichen Gefühle, wie sie in meinem Inneren glühen. Wenn wir uns berühren, entzündet sich ein Feuer und wir umarmen uns. Hand in Hand spazieren wir am Strand entlang und ich erzähle ihm von meiner inneren Stimme und den Bildern, die ich sehe. Ich vertraue ihm diesmal und rede frei über mich und die Empfindungen und Wahrnehmungen, ohne zu befürchten, missverstanden oder ausgelacht zu werden. Einfach frei, wie die Atmung, die ganz von selbst geschieht. Ich rede und rede und rede. Die Wellen hören ebenfalls meine Worte und sie kennen mich schon. Sie fragen mich nicht, wer ich bin und warum ich da bin. Wir drei sind da, ich, Johannes und die Wellen.

Verdammt, du spinnst, Katerina, sage ich mir. Das alles denkst du dir aus. Die Realität sieht ganz anders aus.

Frau Knopp kommt wieder und hilft mir aufzustehen. Sie macht mit mir zusammen kleine vorsichtige Schritte und hält mich fest, damit ich nicht ohnmächtig werde.

KAPITEL 11

Am nächsten Morgen stehe ich mit einem schweren Kopf auf. Mir fehlen mein Zimmer und die täglichen Morgenrituale. Wie in Zeitlupe bewege ich mich. Frau Knopp ist nicht da und das erspart mir unnötige Fragen.

Den Weg nach draußen bis zur Kaiserstraße finde ich wie von selbst. Der Platz hinter dem Klavier ist besetzt. Dort sitzt der chinesische Musikstudent, den ich schon mal hier spielen gehört habe.

Bevor ich mich auf seine Musik einstellen kann, ruft mich eine weibliche Stimme: »Hallo, Katerina. Erkennen Sie mich noch? Rita. Ich habe vor ein paar Tagen mit Gregor Ihr Klavierspiel bewundert und danach sind wir ins Gespräch gekommen«, erinnert sie mich an diesen Tag, an dem ich ihre Geschichten gehört habe.

»Sie sehen blass aus, Katerina. Was ist passiert?« Als sie mein Zögern bemerkt, fügt sie hinzu: »Sie können mir vertrauen. Ich habe schon Einiges erlebt. Hat er sich gemeldet?«

»Kein Lebenszeichen von ihm. Mein Leben ist ein Scherbenhaufen. Jetzt, wo ich endlich den Mann gefunden habe, der an meiner Seite stehen könnte. Ich wohne vorübergehend bei einer Nachbarin, weil unsere Wohnung gekündigt wurde. Und ich bin erneut im Fach Technisches Zeichen durchgefallen. Somit darf ich nicht weiterstudieren in Karlsruhe. Ich weiß nicht, was ich tun soll.«

»Kopf hoch, Katerina, ich weiß, es ist schwer in solchen Momenten des Lebens. Ich glaube an kleine Wunder. Die Engel sind mit uns, sie helfen uns. Ich glaube daran.« Rita macht eine kleine Pause und schaut mich liebevoll an. »Ich wollte mich verabschieden. Ich fahre in Urlaub nach Kreta für zwei Wochen. Dort habe ich ein Haus, und wenn ich zurückkomme, würde ich mich freuen, Sie wiederzusehen. Dann geht es Ihnen bestimmt besser.« Sie reicht mir die Hand und geht in Richtung Europaplatz. Ich habe ihr lange hinter her geschaut.

KAPITEL 12

Die alte Dame an der Bar sieht so zerbrechlich aus, denkt Johannes. Er setzt sich neben sie und begrüßt sie auf Griechisch.
»Wir können uns auf Deutsch unterhalten«, meint sie. Das überrascht ihn.
»Ich bin Johannes, aus Karlsruhe.«
»Was für ein Zufall«, bemerkt sie, »ich wohne ebenfalls in Karlsruhe und heiße Rita. Ich habe ein Haus hier in Chania.« Sie mustert ihn. »Johannes, nicht wahr?« Er nickt.
»Sind Sie Architekt?« Wieder nickt er, allerdings schaut er Rita nun mit großen Augen an. »Woher wissen Sie...?«
Rita lächelt verschmitzt, antwortet dann: »Sie wissen, im Sommer spielen verschiedene Künstler auf Karlsruher Straßen Klavier. So habe ich Katerina kennengelernt. Eine Architekturstudentin. Und wenn Sie Johannes aus Karlsruhe sind, noch dazu Architekt, soll ich Sie von Katerina grüßen. Als ich sie das letzte Mal traf, sah sie schlecht aus.« Rita macht eine Pause und schaut in ihren Cocktail, dann den jungen Mann an.
Er ist blass geworden. »Woher wissen Sie, dass ich genau der Mann bin, von dem diese Katerina gesprochen hat?«
»Erstens, weil Sie gerade blass wie ein Leintuch geworden sind und zweitens, weil ich ihre Musik gehört und genossen habe.« Rita tätschelt seine Hand. »Keine Sorge, es ging nicht um intime Details, als wir danach ins Gespräch gekommen sind, Johannes. Ich und noch ein junger Mann namens Gregor, ein Manager in einem Computerunternehmen. Sie sind der Architekt, den Katerina meint, nicht wahr?«
»Ja, ich habe ein Architekturbüro.« Langsam verzieht sich die Blässe aus seinem Gesicht.
»Sie waren verlobt und wollten heiraten. Jetzt sind Sie nicht mehr verlobt«, sagt Rita.
»Hat Ihnen Katerina das erzählt?«, will er wissen.
»Das ja. Aber nicht, dass sie eine Nacht zusammen verbracht habe. Das habe ich gespürt, gespürt in ihren Worten über Sie, die

voller Sehnsucht waren. Nach so einer Nacht mit Katerina kann ich mir vorstellen, dass sie auch bei Ihnen einen tiefen Eindruck hinterlassen hat. Geben Sie ihr eine Chance, Johannes. Geben Sie eurer Liebe eine Chance. Sie haben nichts zu verlieren.«

Johannes spielt mit seinem Glas, minutenlang schweigt er und grübelt sichtlich über Ritas Worte. Endlich blickt er auf und sagt: »Wissen Sie, Rita, sie ist zu dieser Rückführungstherapeutin gegangen. Orakel von Delphi, Prophezeiungen, Intuition, Seelen. Es ist mir alles zu kompliziert geworden. Das ist nichts für mich.«

»Sind wir nicht alle kompliziert?« Wieder lächelt Rita. »Jemanden anzunehmen, wie er ist, ihn so zu akzeptieren, mit allen Ecken und Kanten, mit dem, was ihn beschäftigt, ist nicht leicht. Ich glaube, dass die Liebe das schafft.«

Johannes sieht diese unbekannte und gleichzeitig vertraute Frau mit silbernen Haaren an und denkt nach.

»Mein Mann erkrankte an Krebs. Kurz danach starb er. Dann erkrankte ich an Krebs. Glauben Sie mir, Johannes, ich weiß, dass die Liebe alles besiegen kann. Sie können es auch, wenn Sie nur wollen. Ich bin noch ein paar Tage da, danach kehre ich zurück nach Karlsruhe. Wenn Sie möchten, können wir uns treffen.«

»Ich weiß es nicht, Rita. Ich habe hier viel zu tun. Das Haus für Künstler, das ich neu herrichte, muss bis September fertig sein. Ich wohne auch dort.« Er trinkt einen Schluck und fährt sehr leise fort: »Meine Begegnung mit Katerina war etwas Besonderes. Ich habe jede Sekunde mit ihr genossen. Alle Treffen mit ihr brachten Wärme und Freude in mein Leben. Warum wollte sie nur zu dieser Rückführungstherapeutin gehen? Alte Seelen, neue Seelen, Karma und Inkarnation. Das sind alles nur Begriffe, die ich nicht verstehe...«

»Katerina hat Ihnen vertraut, Johannes«, unterbricht ihn Rita. »Sie wollte unbedingt herausfinden, wie sie ihre Albträume loswerden kann. Das ist ja eine Reise in die Vergangenheit, wenn ich es wissenschaftlich betrachte. Sie ist in die Vergangenheit gereist und hat erfahren, dass sie Orakel von Delphi war. Als Priesterin hat sie in jenem Leben ihre übersinnlichen Fähigkeiten genutzt und vielen Menschen geholfen. So betrachtet, widmete sie ihr Leben den Menschen und ihre Liebe schenkte sie dem Gott Apollon. Eine Gottheit ist etwas Erhabenes. Aus der Geschichte der alten Griechen, den Mythen und Legenden kann ich genau erkennen, was für eine Rolle diese Pythia hatte.« Rita sieht ihn freundlich an und legt ihre alte Hand auf seinen Arm.

»Katerina hat Ihnen ihr Leben anvertraut und auf Sie gewartet, Johannes.«

»Der Stress mit meinen Projekten und Clara haben das Glas zum Überlaufen gebracht.« Er fährt sich aufgewühlt durch die Haare. »Ich kann nur klar denken, wenn ich klare Verhältnisse mit den Menschen habe, die mir viel bedeuten. Katerina bedeutet mir viel.«

»Sie sind hier und Katerina ist dort, Johannes«, fügt die alte Dame hinzu. »Sie liebt Sie. Überlegen Sie, was Katerina Ihnen wert ist.«

Eine weise Frau, denkt Johannes. Aber er kann nicht. Warum muss alles so kompliziert sein?

»Ich muss jetzt gehen und verabschiede mich, Johannes, und wünsche Ihnen viel Erfolg mit Ihrem Projekt. Hören Sie auf Ihr Herz.« Rita steht auf und verlässt die Bar.

Wie ein einsames Boot, das sich durch den Sturm kämpft und den Weg zum richtigen Hafen sucht, fühlt sich Johannes gerade. In der Luft liegt eine lastende Hitze. Die Menschen hoffen, dass die Nacht Abkühlung bringt. Bedrückt schaut Johannes den Menschen auf der Straße zu, wie sie ermüdet über den heißen Asphalt schlendern. Doch nicht alle scheinen zu leiden, gerade läuft ein verliebtes Pärchen vorbei. Der junge Mann umarmt seine Geliebte und küsst sie. Ihre langen rotblonden Haare leuchten wie kleine Flammen in der Nacht.

KAPITEL 13

In den letzten Tagen spiele ich oft vor der Schreibwarenhandlung Papier Fischer, wo mein Lieblingsklavier steht. Ohne Musik sind die Tage und die Nächte leer.

Ich stehe auf, ziehe mich an und gehe raus. Mein erstes Ziel ist der Schlossgarten, wo ich einen Platz am Teich finde. Die Bäume, die sich im Wasser spiegeln, die Vögel, die Schutz vor der Wärme suchen und sogar das Gras, das alles ist einfach da. Ohne zu fragen, ob es einen Sinn hat oder nicht. Ohne Angst zu versagen, ohne Befürchtungen, bei der Prüfung durchzufallen und ohne Sorgen um die Miete.

Die Natur ist da. Sie gibt mir Ruhe und schenkt mir ihre Schätze.

Gestern hatte ich den Wunsch, mich in die Tiefe des Teichs zu begeben, um zu sehen, ob ich lebe. Um zu prüfen, ob ich noch Kälte oder Wärme auf der Haut spüren kann. Mein Herz spüre ich nicht mehr. Es ist wie in Asche vergraben. Nachdem sich Johannes nicht gemeldet hat, denke ich ständig an ihn.

Obwohl ich weiß, dass alles verloren ist, höre ich nicht auf, an ihn zu denken. Seine Augen vor mir zu sehen. Seine Umarmung zu spüren. Seinen Kuss. Jedes kleine Detail unserer Treffen sehe ich wieder und wieder vor meinem inneren Auge. Der Schmerz brennt in meiner Seele.

So sitze ich im Gras, ohne Zeitgefühl, verloren. Um mich herum nimmt der Tag seinen gewohnten Gang. Ich sehe Spaziergänger, spielende Kinder und gemächlich schlendernde Rentner.

Schließlich mache mich auf zum Klavier. Dies ist das einzige Ziel, das ich jetzt noch habe.

Zwischen zehn und elf Uhr spiele ich Ludovico Einaudi oder Filmmusik. Ich nehme nichts wahr von der Wärme des Sommertags.

Ich spiele einfach weiter. Und weiter.

Jemand klatscht und ruft meinen Namen. Ich hebe den Kopf und sehe zwei Gesichter, die ich kenne.

Die alte Dame heißt Rita, den Namen des jungen Mannes neben ihr habe ich vergessen. Ich weiß nur, dass er in einem Computerunternehmen arbeitet. Verdammt. Wie konnte ich diese netten Menschen so schnell vergessen? Wir haben uns vor mehr als zwei Wochen unterhalten. Daran erinnere ich mich.

»Hallo, Katerina, wie geht es Ihnen?«, fragt der junge Mann. »Ich habe Ihre Musik nicht vergessen. Sie hat mich dazu bewegt, über mein Leben nachzudenken.«

»Hallo«, sage ich steif.

»Ihnen scheint es nicht gut zu gehen«, bemerkt Rita, »Sie sehen furchtbar aus. Ich mache mir Sorgen um Sie.«

»Machen Sie sich keine Sorgen, Rita. Ich komme schon klar«, sage ich und weiß, dass sie mir das nicht abkaufen wird. Ich habe das Gefühl, sie liest in mir wie in einem offenen Buch. Die Frau mit den silbernen Haaren scheint mich zu verstehen und zu meinem tiefsten verborgenen Inneren vorzudringen.

Als ich sehe, dass der junge Mann auch ein besorgtes Gesicht macht, wird mir bewusst, dass sie sich ernsthaft Gedanken um mich machen.

Sofort laufen meine Tränen. Ich sitze immer noch am Klavier und verstecke das Gesicht in beiden Händen. Sie sollen nicht sehen, wie schwach ich bin, und dass ich nicht mehr kann. Aber es hat keinen Sinn, mich zu verstecken. Ich habe versagt. Johannes habe ich auch verloren. Das Leben hat keinen Sinn mehr.

»Hier, nehmen Sie das«, sagt der junge Manager und gibt mir ein Taschentuch, um die Tränen abzuwischen.

»Katerina, wir sind da. Beruhigen Sie sich. Es wird alles gut, Sie werden sehen. Es ist nicht so schlimm, wie es aussieht«, sagt Rita sanft.

Ich wische die Tränen ab und hebe langsam das Gesicht. Doch die Wärme ihrer Blicke lässt meine Tränen gleich wieder fließen.

»Katerina, ich möchte Ihnen etwas sagen«, höre ich Rita. Sie legt mir die Hand auf die Schulter, wie meine Oma Eleni es tat. »Ich habe in Chania einen jungen Mann getroffen. Er heißt genauso wie Ihr Freund und wohnt in dem Künstlerhaus, das er derzeit renoviert.« Ihre Augen strahlen mich an.

Ich weiß, dass sie Johannes getroffen hat.

»Ich habe ein Haus auf Kreta, in dieser Stadt. Es gehört meiner Familie und ich fliege hin, wann immer ich kann. Eines Abends traf ich in einer Bar diesen Architekten. Wir kamen ins Gespräch und fanden heraus, dass Sie unser gemeinsamer Nenner sind.«

Jetzt lacht Rita und schaut auch zu Gregor, der das Gespräch aufmerksam verfolgt.

»Er liebt Sie, Katerina. Er ist verwirrt und auf der Suche nach seiner Wahrheit. Ich habe das Gefühl, er tut sich manchmal schwer, Menschen und Situationen richtig einzuschätzen. Deswegen braucht er Zeit für sich, um seine Gedanken neu zu sortieren.«

»So bin ich auch«, meldet sich Gregor, »wir begreifen die wichtigsten Dinge im Leben erst, wenn wir uns in einer Grenzsituation befinden. Ich bin Ihnen für Ihre Musik sehr dankbar. Im Krankenhaus hatte ich Zeit, Musik zu hören und über mein Leben nachzudenken. Und...« Ein Lächeln erscheint wie eine unerwartete schöne Begegnung auf seinem Gesicht. »... ich habe die schönste Frau der Welt kennengelernt. Ich hatte einen Unfall auf der Autobahn; ein Auto fuhr von hinten auf meinen Wagen auf. Ich kam ins Krankenhaus. Als ich aufwachte, dachte ich, da wäre ein Engel, um mich zu führen. Als mir bewusst wurde, dass ich nicht träume und dass die weibliche Gestalt an meinem Bett real ist, habe ich mich auf der Stelle verliebt.«

Rita folgt seiner Erzählung und nickt.

»So wohlbedacht sind die Wege Gottes. Was zusammengehört, wird zusammengebracht«, sagt Gregor versonnen.

»Sie müssen Johannes sagen, was Sie für ihn empfinden. Sie müssen Ihre Liebe leben, Katerina.« Rita spricht den Gedanken aus, der tief in mir verwurzelt ist.

»Wie soll ich das machen? Ich habe kein Geld, keine Wohnung und keinen Studienplatz.« Für mich scheint alles dagegen zu sprechen. »Er ist so weit von hier.«

»Nichts ist für die Liebe zu weit, Katerina«, sagt Rita fürsorglich und schaut zu Gregor.

»Wir werden Ihnen einen Scheck schenken. Ihr Klavierspiel macht uns zu besseren Menschen, Sie verdienen es«, sagt er.

»Sie verdienen es, glücklich zu sein und Ihre Liebe zu leben«, ergänzt Rita.

Gregor holt aus seiner Aktentasche ein Scheckbuch, schreibt etwas hinein, reißt den Scheck ab und gibt ihn mir.

Als ich den Betrag sehe, wird mir schwindlig. Da steht eine Summe, die ich nicht annehmen kann.

»Das... kann ich nicht«, stottere ich und drücke Gregor den Scheck wieder in die Hand. Tief in meinem Inneren möchte ich den Scheck annehmen, natürlich. »Aber das geht wirklich nicht«, sage ich laut.

»Es ist Ihre Chance, Katerina. Wenn Sie es nicht tun, fliegt sie weg und Sie werden nicht erfahren, ob Johannes die große Liebe in Ihrem Leben ist. Manchmal haben wir nur eine Gelegenheit, um den Menschen zu zeigen, was sie für uns bedeuten. Möchten Sie die verpassen?«

»Ich weiß es nicht«, zögere ich immer noch, »ich habe kein Flugticket und ich weiß nicht, wo er ist.«

»Ich werde Ihnen die Adresse geben, wo er arbeitet. Das Flugticket können Sie selber buchen. Zwanzig Meter von hier ist ein Reisebüro, dort können Sie das sofort tun. Die Zeit rennt, Katerina.«

Gregor reicht mir den Scheck erneut und ich nehme ihn mit zitternder Hand, falte ihn und stecke ihn in meinem Rucksack.

»Danke so sehr«, flüstere ich beschämt. Zugleich überkommen mich Zweifel. Was, wenn Johannes mich fortjagt?

»Ich sehe, dass Sie noch unsicher sind«, sagt Rita, »ich komme jetzt mit Ihnen und wir bringen es hinter uns. Los, Katerina!« Sie streckt mir die Hand hin.

Ich stehe wie hypnotisiert auf, nehme meine Tasche und gehe mit ihr. Im Reisebüro bucht Rita für mich einen Flug nach Heraklion auf Kreta.

»Ihr Flug ist morgen Nachmittag um sechzehn Uhr zwanzig vom Flughafen Stuttgart«, informiert uns die Reisekauffrau und schaut mich an. »Auf welchen Namen soll ich buchen?«

Ich stehe da wie gelähmt und starre in die Luft. Gedanken und Bilder jagen durch meinen Kopf. Die Stimme der Frau höre ich wie aus einem anderem Raum, weit weg von mir.

Rita berührt mich sanft an der Schulter, wie eine Mutter ihre schlafenden Kinder wecken würde. »Katerina, Frau Rößler braucht Ihre Daten.«

»Ich weiß nicht, ob ich fliege«, sage ich widerwillig und erkenne mich selbst nicht wieder. Wie schwer mir alles fällt und wie orientierungslos ich bin.

»Wissen Sie was, sie ruft an, wenn sie sicher ist«, rettet Rita die Situation.

»Geht in Ordnung, in den nächsten fünf Stunden halte ich den Platz für Sie reserviert. Ich habe jedoch den Eindruck, dass Sie dorthin fliegen wollen.« Sie hat wohl Erfahrung mit solchen Situationen. »Irgendwann erkennen meine Kunden, die in einem solchen Zwiespalt stecken, dass es nur eine momentane Verwirrung war, und reisen dann doch.« Sie lächelt und scheint sich sicher, dass auch ich zu dieser Gruppe Reisender gehöre.

»Vielen Dank für Ihr Verständnis!«, bedankt sich Rita.

Ich öffne die Tür und ringe nach Luft, als wir draußen sind.

»Geben Sie Ihre Liebe nicht auf, Katerina. Ich wünsche Ihnen einen guten Flug nach Kreta. Wer weiß, wir sehen uns wahrscheinlich früher wieder, als wir denken.«

Rita drückt mich zum Abschied und geht langsam in Richtung Marktplatz. Ich sehe, wie sich ihre Gestalt entfernt, immer kleiner wird und spüre einen Stich in meinem Herzen.

Sie hat ihn gesehen, mit ihm geredet, hat ihm gesagt, was ich für ihn empfinde. Er hat sich ihr anvertraut, ihr, einer Fremden. Er, der logisch und rational sein kann. Er, der an die Seelen und frühere Leben nicht glaubt. Er, der seine Verlobte sitzen gelassen hat.

Ich muss fliegen. Er muss wissen, was ich für ihn empfinde. Erst dann können wir sehen, ob wir zueinander passen. Rita hat recht.

Wenn ich jetzt die Chance verpasse, werde ich nie wissen, ob er meine einzige wahre Liebe ist oder noch eine, die unter Trainingslager der Seelen fällt. Ich hole mein Handy und rufe das Reisebüro an.

Der helle Sonnenschein draußen verrät mir, dass ich längst unterwegs zum Flughafen sein müsste. Als ich auf die Uhr schaue, läuft mir ein kalter Schauer über den Rücken. Verdammt. Ich habe verschlafen. Wie konnte das nur passieren! Die Aufregung hat mich lange nicht einschlafen lassen; erst im Morgengrauen muss ich eingedöst sein.

In zwei Stunden fliegt die Maschine nach Kreta und ich bin noch im Bett, im Zimmer von Frau Knopp, meiner Nachbarin in Karlsruhe. In den nächsten paar Minuten raffe ich hastig ein paar T-Shirts, ein Kleid, eine kurze Hose, einen BH, Zahnpasta und Zahnbürste, Sonnencreme und eine Bürste zusammen und werfe alles in meinen Rucksack. Frühstück und Tee wären jetzt ein Luxus, der mich von Johannes fernhalten würde. Ich lehne höflich die Einladung meiner Gastgeberin ab, bedanke mich flüchtig und schnappe mir, schon unterwegs, eine Flasche Wasser. Es ist heute ein Marathontag und meine Ausdauer beim Laufen wird auf eine harte Probe gestellt. Als ich die Haltestelle am Europaplatz seitlich von der Postgalerie erreiche, an der die Bahn in Richtung Hauptbahnhof abfährt, sehe ich, wie vor mir die Linie 4 bereits die nächste Haltestelle anfährt. Es dauert neun Minuten, bis die nächste Bahn der Linie 3 kommt. Fiebrig überlege ich, ob ich zu Fuß auf einer Abkürzung schnell zum Bahnhof kommen könnte. In normalem Tempo dauert das zwanzig Minuten. Ich habe weniger als zehn Minuten zur Verfügung. Dieser Plan bringt mir nichts.

Wie komme ich am schnellsten zum Bahnhof, wo ich den Fernbus nach Stuttgart erreichen kann? Die Variante mit dem Zug muss ich vergessen. In diesem Moment sehe ich, wie ein Taxi an der Haltestelle hält und eine alte Dame aussteigt. Ich springe zum Fahrerplatz und frage, ob er mich zur Südseite des Hauptbahnhofs bringen kann. Als er zustimmt, atme ich erleichtert auf und setze mich hinten in den Wagen. Auf meinem Handy suche ich sofort ein Busticket nach Stuttgart und buche es. Der Bus ist da, ich muss mich beeilen.

»Bitte, fahren Sie schneller!«

Der Fahrer sieht mein rotes Gesicht, die Schweißtropfen auf meiner Stirn und sagt etwas wie, dass er alles daransetzt, um schneller anzukommen. Ich bin unheimlich dankbar, dass er mir diesen Gefallen tut.

In meiner Hand halte ich den Geldschein. In der anderen ist mein Rucksack. Das Taxi biegt schon ab und ich stelle fest, wie ein grüner Bus vor uns abfährt.

»Halten Sie, bitte. Ich muss den Bus stoppen!«, schreie ich wie verrückt und renne hinter dem Bus her.

Der Fahrer des Busses hat mich wahrscheinlich gesehen; das große Fahrzeug verlangsamt seine Fahrt und hält an. Außer Atem erreiche ich die offene Tür und steige ein.

»Sie haben das Ticket vor vier Minuten gekauft. Seien Sie froh, dass ich es gesehen habe und der Kollege angehalten hat. In Zukunft kaufen Sie Ihr Ticket rechtzeitig und kommen Sie fünfzehn Minuten vor der Abfahrt, wie die Fahrbestimmungen sind.«

Ich lasse die Belehrung über mich ergehen und möchte endlich einen Platz finden, wo ich mich ausruhen kann. Meine Beine und Hände zittern, ich bin völlig verschwitzt und alles, was mir passiert, scheint irreal zu sein. Der Flug macht mir Angst. In so einem engen Raum bekomme ich keine Luft und mein Kopf wird leer.

Nach einer Dreiviertelstunde erreicht der Fernbus den Flughafen Stuttgart. Ich renne zum Check-in-Schalter. Auf der großen Tafel, auf der mein Flug angezeigt ist, steht schon Boarding. Ich renne diesmal zur Information, hole mein Ticket heraus und in diesem Moment höre ich »Letzter Aufruf für die Passagiere nach Heraklion«.

Die Frau an der Information ruft jemanden an, dann schickt sie mich zu einem Schalter, hinter dem noch eine Flugbearbeiterin steht und mein Ticket nimmt. »Sie sind zu spät. Beeilen Sie sich, eine ganze Maschine wartet auf Sie. Wir müssen pünktlich abfliegen.«

»Ja, ich weiß. Danke!«, sage ich und bin wirklich dankbar, dass ich so ein Glück habe, den Flieger noch zu erreichen.

»Gate C 8, beeilen Sie sich«, wiederholt sie.

Ich bin schon wieder am Rennen und mir scheint, ich renne um mein Leben. So wichtig ist es, dass ich diese Maschine erreiche. Sie bringt mich zu Johannes.

Die Flugzeugtür wird hinter mir geschlossen und ich gehe zu den letzten Sitzreihen, wo mein Platz ist. Eine Frau starrt mich an, als sei ich ein Wesen von einem anderen Stern. Ich gehe weiter und finde erleichtert meinen Platz. Es ist in der Mitte zwischen einem Mann und einer Frau. Die Frau am Fenster begrüßt mich und bemerkt, wie blass mein Gesicht ist.

»Ich habe Flugangst«, sage ich leise, in der Hoffnung, dass sie mich nicht gehört hat.

»Fliegen Sie zum ersten Mal?«

»Jedes Mal, wenn ich fliege, ist der Raum zu eng und die Luft nicht ausreichend«, antworte ich.

»Es ist schön zu fliegen, wir sind in der Nähe von Gott, er schützt uns.« Ich sehe ihr zum ersten Mal in die Augen und muss feststellen, dass sie recht hat. Doch leider hilft mir das nicht. Die Maschine rollt an und gleich sind wir in der Luft. Mein Magen rebelliert und ich kämpfe mit der Enge des Raumes. Trotzdem weiß ich, dass alles gut sein wird.

Die Frau neben mir ist in Gedanken versunken. Der Mann zu meiner linken Seite holt einen Reiseführer über Kreta aus seiner Tasche und blättert konzentriert darin. Er bemerkt meine Panik gar nicht. Die meisten Menschen merken nicht oder möchten nicht sehen, was mit ihren Nachbarn passiert. Die Frau am Fenster ist eine Ausnahme.

Ich spüre, was für eine Seele die Menschen haben, und auf welcher Entwicklungsstufe sie sind. Das Wissen über menschliche Seelen wurde mir in dem Leben in Delphi gegeben, erklärte mir meine Therapeutin. Mit einem Lächeln, einem Satz oder Gedanken kann ich den Menschen helfen, ihren verlorenen Weg zu finden, behauptete sie.

Wie kann ich den anderen jetzt helfen, wenn ich meinen eigenen Weg noch nicht gefunden habe? Oder doch? Ich laufe nicht zu meiner Liebe, ich fliege. Kann diese Liebe mein Weg sein?

Die Gefühle für einen Menschen kann ich nicht steuern. Sie stellen sich ein und ich lerne sie kennen. Dabei treffe ich mich selbst.

Ich treffe Johannes auf Kreta und er weiß nicht, dass ich komme. Rita sagte, dass er Gefühle für mich hat. Ist er genauso verzweifelt, wie ich es bin? Oder hat er für sich schon eine Antwort gefunden? Rita und Gregor haben mir geholfen, meine Liebe zu leben, so haben sie sich ausgedrückt. Liebe zu leben. Wir fliegen schon übers Mittelmeer und bald ist es soweit.

Die Maschine landet pünktlich nach zweieinhalb Stunden in Heraklion. Als die Tür geöffnet wird, kommt warme Luft wie eine Wand auf mich zu. Von der Treppe aus kann ich das Meer sehen. Gepäckausgabe, Passkontrolle und der Weg zum Ausgang - alles dauert zu lange. Die Menschen hier haben es nicht eilig und trotzdem läuft es. Dass sie es schaffen, liegt wahrscheinlich an der Sonne, der Atmosphäre und der Mentalität der Griechen. Ich folge den Menschen, die sich zum Ausgang begeben. Hoffentlich finde ich gleich ein freies Taxi. Zwei Autos warten auf die ungeduldigen Fluggäste. Ich sehe wie eine Familie das erste Auto belagert und verliere meine Geduld. Als ich zum zweiten Taxi komme, steigt ein Mann ein. Er trägt einen schwarzen Anzug, ein weißes Hemd und eine komische Krawatte in gelbem Grundton. Ob da Papageien oder irgendwelche tropischen Vögel drauf sind, kannte ich nicht erkennen. Auch die zweite Möglichkeit, mich schnell auf den Weg zu Johannes zu machen, ist dahin.

Nach zehn Minuten kommt langsam ein weiteres Taxi an und hält zwei Meter vor mir. Ich begrüße den Fahrer auf Englisch. Manchmal wundere ich mich selbst über meine Entscheidungen. Ich verstehe und spreche Griechisch. Gerade jetzt habe ich absolut keine Lust, dass mich jemand anbaggert oder mit seiner Familiengeschichte nervt. Ich nenne die Adresse vom Haus in Chania, wo sich Johannes befindet, und wir fahren ab. An der Frontscheibe baumelt ein blauer Talisman mit einem Auge darin. Alle Taxifahrer haben einen solchen Glücksbringer im Wagen. Ich entdecke auch noch eine kleine Ikone, die Fahrgäste, Fahrer und Wagen schützen soll.

Mein Geduldsfaden ist so dünn, dass es mich Kraft kostet, an mich zu halten und nichts auf Griechisch zu sagen. Als ich merke, dass der Fahrer einen anderen Weg nimmt, der länger als mein eigentlicher Fahrweg ist, halte ich es nicht mehr aus. »Sie sind falsch hier. Kehren Sie um, dies ist nicht der richtige Weg nach Chania!«

Meine Worte platzen unbewusst auf Griechisch heraus und schlagen wie eine Bombe ein. Der Fahrer dreht sich zu mir um.

»Mädchen, Mädchen, welcher Wind hat dich hierher gebracht?« Er schüttelt den Kopf und verliert trotzdem seine gute Laune nicht. Im Radio läuft anscheinend die Lieblingsmusik des Mannes, weil er anfängt mitzusingen.

»Bist du hier geboren? Wir suchen für dich einen guten griechischen Mann. Die griechischen Männer können sehr gut küssen«, ergänzt er und schaut im Rückspiegel, ob und wie ich reagiere. Mein Gesichtsausdruck verrät das Chaos aus Unsicherheit, Zweifel und Erwartung nicht.

»Du, ich kenne einen guten Mann, es ist unser Nachbar und er möchte eine gute griechische Frau heiraten.«

»Woher wissen Sie, dass ich Griechin bin?«, stoße ich gereizt hervor. Der Mann geht mir auf die Nerven. Ich habe keine Lust, höflich zu sein.

»Oh, oh, du bist eine Griechin, wenn du die Sprache sprichst. Egal, wo du wohnst. Am besten wäre in Deutschland«, bemerkt er und wartet, dass ich etwas erwidere. Jeder würde fragen, wieso ausgerechnet in diesem Land. Ich aber schweige.

»Wenn dich ein griechischer Mann küsst und als Geschenk zu Weihnachten auspackt, wirst du dich bestimmt freuen.« Er hört nicht auf.

»Das reicht, halten Sie das Auto an. Ich möchte aussteigen!«, reagiere ich scharf auf seine dummen Sprüche und der Mann kapiert endlich, dass er mich in Ruhe lassen soll.

»Okay, junge Frau, wie Sie wünschen«, sagt er und schaut übertrieben konzentriert nach vorn auf den Verkehr. Bis wir die Stadt erreichen, sagt er kein einziges Wort mehr. Ich bin ihm sehr dankbar dafür.

Das Chaos in meinem Inneren kann er nicht sehen. Dort fliegen so viele Schmetterlinge in verschiedene Richtungen, dass man eine endlose Wiese mit ihnen bevölkern könnte. Wärme breitet sich in meinem ganzen Körper aus. Kleine funkelnde Flammen tanzen in meinen Augen. Der Taxifahrer hat sie auch gesehen.

Als wir in die Stadt kommen, biegt er in die Straße ein, in der sich das Haus befinden soll, das Johannes neu gestaltet.

Ich bezahle, ohne zu verhandeln, der Taxifahrer wünscht mir viel Glück und auf einmal bin ich alleine.

KAPITEL 14

Vor mir sehe ich ein altes Haus. Nichts verrät, dass hier neue Räume für kreative Köpfe entstehen. Um zur Eingangstür zu gelangen, muss ich viele Treppen hochsteigen. Es kommt mir wie eine Ewigkeit vor, bis ich endlich ganz oben bin. Das Haus steht auf einem Hügel, wie es auf den vulkanischen Inseln Griechenlands üblich ist. Von oben kann man das ganze Tal und das Meer sehen. Die Seele fühlt sich wie ein freier Vogel auf der Suche nach seiner Heimat.

Der Garten ist eine Baustelle und wirkt trotzdem einladend. Unter Weinreben entdecke ich einen großen Tisch und viele Stühle darum herum. Zypressen, Palmen und die kleinen Büsche mit ihren nadeligen grünen Kleidern vermitteln einen mediterranen Eindruck.

Ich klopfe mit dem Ring an einem Löwenkopf an die Tür und warte. Es passiert nichts. Ich klopfe ein zweites Mal, lauter.

Diesmal kommt eine fremde junge Frau heraus.

Die Rothaarige ist schneller als ich mit ihrem »Kalimera.«

»Hallo«, sage ich in der Hoffnung, dass sie deutsch spricht. Ich brauche jetzt eine Stütze und die deutsche Sprache ist so eine.

»Was wollen Sie?«

»Ich suche Herrn Johannes Krammer. Ist er da?«, frage ich und in mir verbreitet sich eine Unsicherheit, die ich nicht mag.

»Johannes ist nicht da, er ist zum Einkaufen in die Stadt gefahren.« Sie holt tief Luft und redet weiter. »Außerdem, wir sind voll belegt, ich kann Sie nicht unterbringen.« Sie wirkt arrogant auf mich und das gefällt mir gar nicht. Ist sie Sekretärin oder eine Art Haushälterin?

»Sehen Sie, ich muss Herrn Krammer unbedingt sprechen.«

Das ist wahr. Ich muss Johannes endlich sagen, was ich für ihn empfinde. Dass ich den Flug auf mich genommen habe, um ihn zu treffen.

Die Rothaarige dreht sich um und möchte die Tür zumachen. In diesem Moment klingelt das Telefon im Haus und sie geht ran, ohne die Tür vor meiner Nase zuzumachen. Ich schließe daraus, dass ich eintreten darf, aber sie macht mir ein Zeichen, draußen zu bleiben.

»Ja, Johannes, alles klar. Hier ist eine junge Frau, sie sucht Unterkunft, aber wir sind voll belegt«, sagt sie und ich kann seine Stimme am Telefon hören, wie er sagt, dass er noch zwei Tage länger wegbleiben wird.

Sie hat ihm nicht gesagt, dass ich ihn treffen möchte. Was für ein Miststück. Hat sie etwas mit ihm und verschweigt deshalb, dass ich ihn sprechen möchte? Wittert sie in mir eine Rivalin?

Sie legt auf und schaut mich an. »Sie haben gehört, wir sind belegt. Er kommt in den nächsten zwei Tagen nicht«, sagt sie und knallt die Tür vor mir zu.

Was für ein Auftritt. Ich bin entsetzt, wie sie mit mir umgegangen ist. Ahnt sie, dass ich für Johannes etwas Besonderes sein könnte?

Was mache ich jetzt? Ich habe keine Bleibe, keine Bekannten hier und weiß nicht, was ich mit meiner Zeit anfangen soll. Die Straße runter führt zur Hauptstraße und zum Meer. Alles hier in dieser Stadt scheint mir sehr vertraut zu sein. Das bittere Gefühl nach dem Treffen mit der Rothaarigen begleitet mich.

Nach einer Stunde des Umherlaufens fühle ich mich sehr schwach. Ich merke, dass ich lange nichts gegessen und getrunken habe. Auf einmal wird mir schwindelig. Die letzten Wochen habe ich überhaupt sehr wenig gegessen und meine Hose schlottert mir um die Taille wie eine Fahne im Wind. Ich lehne meinen Rücken an einen Steinzaun, setze mich und bleibe so ein paar Minuten. In meinen Ohren dröhnt ein ständiges Geräusch und ich erschrecke. Was ist mit mir los?

Eine alte Frau kommt zu mir, als sie mich auf dem Boden sieht, mit zitternden Beinen und Händen.

»Kalimera«, grüßt sie.

»Komm mit«, sagt sie und nimmt meine rechte Hand und meinen Rucksack, der am Boden liegt. Wie ein kleines Kind führt sie mich durch eine Gartentür und setzt mich auf eine Bank in ihrem Garten. Dann geht sie ins Haus und bringt eine Karaffe mit Wasser, in dem eine halbe Zitronenscheibe zwischen drei Minzblättern schwimmt. Da sind noch ein paar andere kleine Stückchen, die ich nicht erkenne. Das Wasser im Glas schmeckt nach Sommer.

Nochmals geht sie ins Haus und holt einen Teller mit Wassermelonenstückchen zwischen weißen Käsehäppchen und schwarzen Oliven. In der Mitte sind die Oliven gehäuft, wie ein

Zentrum des Lebens. Die weißen Käsehäppchen bilden eine Blume darum herum und am Rand liegen die Wassermelonenstücke. Auf dem weißen Käse sehe ich Öl und rote Pfefferspuren wie von Sternschnuppen. Ich wundere mich selber, mit welch scharfen Sinnen ich meine Umwelt wahrnehmen kann. Bis jetzt habe ich solche Details nicht auf diese Weise gesehen. Irgendetwas geschieht mit mir.

Das schöne grünblaue T-Shirt klebt mir am Körper und lässt darunter den weißen BH erkennen. Ich suche automatisch meine Brille, die ich fast immer auf dem Kopf habe und finde sie nicht. Sie ist sicher in meiner Tasche. Ich wühle fiebrig die ganze Tasche durch und finde sie nicht.

Die Frau kommt endlich mit einem Tuch, reicht es mir und ich wische den Schweiß von Gesicht, Hals und Händen. Sie beobachtet mich schweigend.

»Schön, dass du hier bist«, sagt sie schließlich. »Wie heißt du, mein Kind?« Ihre Augen streicheln mein Gesicht. Dabei fühle ich mich sehr wohl und das mildert meine Unsicherheit. Bis ich Luft hole und auf die Frage antworte, sagt die Frau, dass sie Efrosina heißt.

»Ich bin Katerina«, sage ich leise.

»Erzähl mir, Katerina, was machst du hier in Chania auf Kreta. Suchst du jemanden?«

Als ich das höre, bekomme ich einen Stich ins Herz. War das nur eine ganz spontane Frage oder hatte Efrosina etwas bei mir gespürt?

»Ich weiß es nicht. Ich bin so müde.«

»Iss ein bisschen, es wird dir besser gehen. Danach zeige ich dir, wo du schlafen kannst. Mein Neffe ist nicht da, du kannst sein Zimmer benutzen.«

Obwohl der Teller sehr verführerisch aussieht, esse ich fast nichts. Nur ein kleines Stückchen Wassermelone nehme ich und bringe es mit Mühe hinunter.

Efrosina wartet geduldig auf mich und schaut auf die Straße, wo ein paar Kinder spielen und laut lachen. Das Leben hier hat eigene Gesetze, denke ich und stehe langsam auf. Mir wird schwindelig und ich stütze mich auf den Stuhl, auf dem ich gesessen hab. Sie gibt mir ihre Hand, ich stütze mich auf sie und so gehen wir ins Haus.

Das einzige Ziel, das ich jetzt habe, ist, mich auf das Bett zu legen und zu schlafen. Efrosina bringt meinen Rucksack mit und wünscht mir gute Erholung.

Ich lege mich hin, mit dem Gesicht zum Fenster. Die Sonne, müde von ihrer Reise durch diese Seite der Welt, machte Platz für die Dunkelheit und wandert auf die andere Halbkugel der Erde, um dort ihre lebensspendende Wärme zu geben. Ich beobachte ihre Strahlen nur kurz und danach verschwindet sie für mich.

Als ich erwache, stelle ich zunächst fest, dass in meinem Zimmer und draußen Stille herrscht. Den üblichen Lärm der Stadt, die Straßenbahnen und vorbeifahrenden Autos höre ich nicht. Nach einer Weile begreife ich, dass ich nicht träume und auf Kreta bin, um Johannes zu treffen. Ich will ihn sehen und ihm gleich alles erzählen.

Wie soll ich ihm sagen, was ich für ihn empfinde?

Verdammt. Wie konnte ich es vergessen? Meine Gastgeberin wartet wahrscheinlich draußen auf mich. Obwohl ich schnell sein möchte, schaffe ich es nicht, mich rasch fertigzumachen. Aber wir sind ja in Griechenland, sage ich mir. Hier richtet sich das Leben nicht nach der Uhr, sondern nach der Familie, Festen und Freunden.

Ich mache mich frisch und ziehe eine zitronengelbe Bluse an. Auf dem Weg nach draußen suche ich nach meiner Gastgeberin. Von der Küche kommt der Duft frischen Kaffees. Efrosina ist nicht da. Ich setze mich an den Tisch, wo wir gestern saßen. Es verspricht ein heißer Tag zu werden.

Als Efrosina nach ein paar Minuten herauskommt, freue ich mich richtig auf sie.

»Guten Morgen.«

»Guten Morgen, Katerina. Ich bringe frische Milch von Hristos, einem Nachbarn, der Schafe züchtet. In ein paar Minuten ist unser Frühstück fertig. Bleib sitzen, ruhe dich aus.«

Ich sehe ihr entspanntes Gesicht, wie sie sich freut und mich umsorgt und in meinem Herz wird es warm.

Die alte Dame geht ins Haus und bringt ein Tablett mit einer Kaffeekanne, Milchkanne, Käse, Trauben, Oliven, selbst gebackenem Brot, einem Marmeladenglas und zwei Kaffeetassen. Ich fühle mich wie zu Hause. Genau das gleiche Frühstück, genau die gleichen Sachen zu essen. Nur die Tassen sehen anders aus. Ich lächle flüchtig.

»Oh, das ist ein gutes Zeichen«, kommentiert sie mein Lächeln. »Lass uns frühstücken, Katerina. Du kannst so lange bei mir bleiben, wie du möchtest. Ich würde mich freuen.«

Während wir frühstücken, schlägt sie vor, dass ich einen Spaziergang mache.

Die Straße führe zum Meer, ich könne ein bisschen entlanglaufen, außerhalb der Stadt, wo es ruhiger sei. Dort wären die Strände, die mir gefallen würden, meint sie.

»Und ich koche für uns etwas Leckeres zum Abendessen. Hast du einen Wunsch?« Sie sieht wie eine besorgte Oma aus. Wie sie sich um mich kümmert, dass berührt mich tief.

»Nein, Efrosina, ich bin dir dankbar, dass ich hier bei dir bleiben darf. Ich gehe zum Strand.«

»Das wird dir guttun, Kind. Lass dir Zeit, wir haben es hier nicht eilig.«

Ich nicke, nehme eine Flasche Wasser mit und gehe los, auf der Suche nach dem Meer.

Wie in den meisten Städten auf der Welt, die am Wasser liegen, führen alle Straßen zum Meer, zu einem Fluss oder dem Ozean. Während ich laufe, spüre ich, wie ich mich wohlfühle. Lustlosigkeit und Müdigkeit sind wie weggeblasen. Obwohl ich kleine Schritte mache, fühle ich in mir, dass ich einen großen Schritt in meinem Leben gemacht habe. Wieder dieses intuitive Erkennen und Wissen. Es ist an der Zeit, dass ich der inneren Stimme endlich vertraue. Dass ich mir vertraue und annehme, der Stimme zu folgen.

Die Straße wird breiter und auf beiden Seiten sind mehrere geparkte Autos mit ausländischen Kennzeichen zu sehen. Ab und zu tauchen Anzeichen auf, wo Deutsche wohnen. Es erinnert mich an die kleinen Dörfer in der Südpfalz, auch wenn dort auf der Straße keine geparkten Autos zu sehen sind, sondern ordentlich im Hof oder der Garage abgestellt sind.

Ein Obst- und Gemüseladen mit Wein und Oliven, die draußen verkauft werden, erinnert mich an die südliche Weinstraße. Auch dort gibt es in jedem zweiten Haus einen Weinkeller oder ein Weingut. Mit einem Bekannten, der Fotograf ist, bin ich oft in der Pfalz gewesen. Ich durfte ihn begleiten, wann immer ich wollte. Er hatte sogar eine Drohne dabei und das ganze fotografische Equipment.

Wie seltsam, dass ich mich an diese Details erinnere, die jetzt ohne Bedeutung sind. Will mein Unterbewusstsein die schwierige Situation verdrängen, in der ich mich befinde, indem es mir zur Beruhigung Unbedeutendes aus meinem Leben zeigt?

Die Farben der Häuser vermischen sich mit anderen Sinneseindrücken, die typisch für einen mediterranen Sommer und Städte am Meer sind. Die Gerüche der Fischgerichte, die salzige, leichte Brise und die federleichten Kleider der Frauen prägen sich mir als sinnliche Eindrücke ein. Ich nehme alles unbewusst wahr. Mein Kopfkino hat ein Eigenleben und malt Szenen. Mehrere Szenen aneinandergereiht. Ein Kurzfilm über ein Leben - meines.

Der Film beginnt mit Johannes im Gold vor mir und der magischen Anziehungskraft seiner blauen Augen. Wenn es nur nicht diese Unterschiede zwischen uns gäbe. Für ihn ist die innere Stimme Unfug. Er glaubt nicht an frühere Leben und ein Karma, das wir abarbeiten müssen. Die universellen Gesetze von Ursache und Wirkung gibt es für ihn nicht. Für ihn sind nur die greifbaren Dinge und die Menschen von Bedeutung. Alles Unsichtbare akzeptiert er nicht.

Während ich mich in diesen sinnlosen inneren Bildern und Dialogen verstricke, komme ich zum Hafen und laufe die Promenade entlang.

Am südlichen Ende des Strandes finde ich ein Café, wo es mir gefällt, und setze mich an einen Tisch. Nur zwei Tische sind besetzt, meiner und noch einer mit einer alten Dame. Ihr Sonnenhut mit einer blau-weiß gepunkteten Schleife liegt auf dem Tisch. Ihre Augen sind geschlossen. Sie hört die griechische Musik aus der Musikanlage, vermischt mit der Melodie des Meeres. Ihre Kleidung ist perfekt. Der Blazer und die Seidenhose, beide hellblau, umhüllen eine sehr schlanke Figur. Sie ist barfuß. Neben ihr auf dem Stuhl ruht ein kleiner Hund. Die beiden sind eine interessante Kombination. Der Hund ist schwarz, mit weißen Flecken auf Ohren und Pfoten. Er schläft auch. Eine Harmonie der Freundschaft zwischen Mensch und Tier.

Der Kellner bringt mir einen griechischen Kaffee. Auf dem Tisch vor der Frau steht ein leeres Glas mit ein paar Pfefferminzblättern und zwei noch nicht geschmolzenen Eiswürfeln. Ihre Augen sind immer noch geschlossen.

Werde ich auch einmal so sein wie sie, alleine? Oder wird jemand an meiner Seite sein? Wie klein ist die Distanz zwischen den Menschen? Bloß ein Stuhl weiter. Wie weit sind die Seelenwelten voneinander entfernt? Nur ein Wunder kann sie vereinen.

Als die Frau ihre Augen öffnet, scheinen sie ein Stück von Himmel und Meer zu sein. Ihr zartes Lächeln leuchtet wie ein kleiner Stern. Sie schaut zum Hund und streichelt ihn mit einer Hand. Plötzlich sagt mir meine innere Stimme, dass sie um ihren Ehemann trauert und irgendwo in Frankreich ein großes Haus hat, das jetzt leer ist. Der Wunsch, sie zu trösten, kommt wie eine Welle in mir hoch. Ich gebe ihm nicht nach. Ich habe kein Recht, mich in das Leben unbekannter Menschen einzumischen. Sie haben ihren Schicksalsweg und ich meinen. Ich küsse sie innerlich auf die Wange und streichle den Hund. Beide spüren, was ich in meinen Gedanken tue. Der Hund hebt den Kopf und schaut zu mir. Danach blickt die Frau in meine Richtung. Ihr Lächeln ist immer noch da. Ich weiß nicht, worüber sie nachdenkt, aber sie nickt mir zu. Es ist die Bestätigung, dass sie beide mich wahrgenommen haben. In meinem Herzen verspüre ich eine angenehme Wärme.

Die Sonne und die Hitze werden stärker. Ich trinke den Kaffee aus und gehe am Strand entlang, auf dem Niemandsland. Die Schnittstelle zwischen Erde und Meer, die immer feucht bleibt.

Was aber ist die Schnittstelle zweier Menschen, eines Mannes und einer Frau? Ist das die Liebe, die sie miteinander eins werden lässt, oder ist es die Sehnsucht nach etwas Unbekanntem, die jeder von uns erleben möchte?

Das sind zwei starke Elemente, die aufeinanderprallen, Erde und Wasser. Ist das Wasser sanft, küsst es den Strand und benetzt die Sandkörner. Ist das Wasser wütend, bringt es Zerstörung mit sich. Wie erfahre ich, wie es bei mir ist, wenn ich mich nicht einlasse und immer wieder Zweifel habe?

Am Ende des Strands setze ich mich unter einem Felsvorsprung auf einen Stein und starre ins Wasser. So lange, bis ich vergesse, wer ich bin und wo ich bin. Ich bin ein Wassermolekül, ein gänzlich unbedeutendes, das sich mit anderen Molekülen zusammen bewegt. Es tut gut zu spüren, wie in mir allmählich Ruhe einkehrt. Die Augen schließen sich von selbst.

Als ich aufwache, spiegelt sich die Sonne mit ihrem goldenen Glanz auf der Wasseroberfläche. Ich springe vom Stein auf und denke an Efrosina. Die Erinnerung an den Geruch der frisch gekochten leckeren Gerichte weckt in meinem Magen ein Knurren. Ich kehre zurück zu meiner neuen Unterkunft. Die Straße und das Haus finde ich sehr schnell. Hier kann man sich nicht verlaufen, wenn man weiß, wohin.

Wenn ich nur wüsste, wohin mit meiner Liebe?

Mein Blick fällt auf ein einladendes Abendessen, das auf dem Tisch im Garten bereitsteht. Das liebe ich an Griechenland. Die Menschen lassen sich Zeit, um beisammen zu sein, zu essen, zu tanzen, um sich zu unterhalten. Sie sind für die anderen da, ohne dafür etwas zu erwarten. Um einander zu trösten, zu ermutigen, aber auch, um sich gegenseitig zu vertrauen, einander zuzuhören und die eigene Geschichte zu erzählen, um zu sehen, wie sie auf die anderen wirkt. Diese Zeit ist die wertvollste Zeit des Tages. Mein Bekannter, der Fotograf, sagte, dass jede Stunde eine Farbe hat. Die blaue Stunde nannte er die Abenddämmerung, in der sich alles harmonisch und behaglich anfühlt.

Efrosina kommt mir entgegen, begrüßt und umarmt mich.

»Hast du unseren Hafen gesehen? Hat es dir gefallen?«

»Es ist wie in Italien, mit Gassen und Häusern und Läden, aber griechisch. Und die Touristen sind überall.« Ich will ihr von der Frau erzählen, aber sie unterbricht mich.

»Hast du auf ein Zeichen geachtet, Katerina?«

»Was für ein Zeichen?«

»Ein Zeichen. Wenn man nicht weiß, wohin, achtet man auf die Zeichen, die uns der Himmel schickt«, erklärt sie und schöpft aus einem Keramiktopf das Essen in einen Teller. »Lass uns anfangen, sonst wird es kalt.«

Als sie sieht, dass ich auf ihre Worte warte, spricht sie weiter.

»Es ist immer das Gleiche. Es passiert immer wieder das Gleiche und immer in der menschlichen Seele. Such nicht draußen in der Welt herum. Such in dir, Katerina.«

»Ich wollte ihm sagen, was ich für ihn empfinde, aber er war nicht da. Er ist Architekt in Deutschland und richtet ein Haus für Künstler neu her, nicht weit von hier. Ich bin gekommen, um ihn zu finden. Ich weiß nicht, wie er reagieren wird. Er hat sich nicht mehr gemeldet, seit...«

Sie hört aufmerksam zu, ehe sie fragt: »Du hast dich ihm anvertraut und Dinge erzählt oder gemacht, die ihn irritieren und deswegen lehnt er sie ab, nicht wahr?«

»Ich wollte zu einer Rückführungstherapeutin gehen, weil ich Albträume hatte und er ist nicht mitgekommen. Er sagte, es sei alles Unfug, was ich da mache. So etwas wie ein Leben in der Vergangenheit gäbe es nicht.«

»Katerina, Katerina. Du bist eine wunderschöne junge Frau, die ihre Chancen nutzen kann, wenn du sie nur erkennst. Manchmal sehen die Dinge anders aus, als wir uns das wünschen. Nichts ist so schlimm, wie es aussieht. Du musst auf die Zeichen achten, Katerina. Die Zeichen in Verbindung mit deinen Wünschen und Zielen bringen. Wie beim Kochen, die Aromen und Gewürze gibst du zuletzt hinzu, bevor du das Gericht vom Feuer nimmst. Das Feuer ist dein Herz. Ich weiß, dass du mehr siehst und fühlst, als du sagst.«

»Johannes sagt, er habe sich in mich bei unserer ersten Begegnung verliebt, als ich Musik spielte.«

»Du spielst Musik? Wie schön, alles kommt, wie es sein muss«, redet sie wieder in rätselhaften Weisheiten, die ich von meiner Oma Eleni kenne.

»Ich weiß nicht, er hatte eine Verlobte. Die Hochzeit ist geplatzt«, erzähle ich weiter.

»Kind, er hat dich gefunden. Ich glaube an die Liebe auf den ersten Blick. So war es auch bei mir und meinem Ginno. Wir haben uns in einer Taverna gesehen und sofort ineinander verliebt.«

Sie steht auf, geht ins Haus, holt eine kleine Holzkiste und stellt sie auf den Stuhl neben sich. Sie findet rasch das gesuchte Foto und zeigt es mir. »Er war so charmant und brachte mir kleine Geschenke, jedes Mal, wenn er das Gefühl hatte, dass ich für ihn die wertvollste Person in seinem Leben bin.«

Es ist ein Foto vom Strand. Der Mann trägt eine schwarze Badehose, hat nasse schwarze Haare und seine Augen, verdammt. Die sehen aus wie Johannes` Augen, wenn er mich anblickt. Die Frau auf dem Foto trägt einen orangefarbenen Badeanzug aus den Dreißigerjahren, ist schlank und lacht fröhlich. Beide kommen aus dem Wasser wie Götter, die in diesem Moment aus dem Meer geboren werden.

»Schönes Foto«, sage ich, »ihr seht sehr glücklich aus.«

»Es war nach unserer ersten gemeinsamen Nacht. Wie glücklich ich damals war, daran erinnere ich mich jetzt gern. Du wirst es auch sein, Katerina«, prophezeit sie.

»Ich weiß es nicht, ich bin in mir so gespalten. Die Angst, dass er mich nicht will, ist größer als alles andere«, spreche ich zum ersten Mal das aus, was ich mir bisher nicht eingestehen wollte. Das ist es. Endlich habe ich es ausgesprochen.

»Sei du selbst. Wir können nur das verlieren, was wir besitzen. Die Liebe kann dir keiner nehmen. Die Liebe ist das Leben. Sie ist frei und so lange du sie spürst, kann sie dir keiner wegnehmen, Katerina.«

Die blaue Stunde ist jetzt in eine andere übergegangen; ich kann die Sterne besser sehen. Auch Efrosina schaut nach oben.

»Als die Menschen noch keine modernen Geräte hatten«, sagt sie, »konnten sie ihren Weg nach den Sternen finden, um sich nicht zu verlieren. Was oben ist, ist ähnlich wie unten und was unten ist, ist ähnlich wie oben. Du findest schon deinen Stern, Katerina.« Die Frau redet wieder in Rätseln, denke ich und schweige. Ich wollte ihr nichts von meinem Wissen über mein früheres Leben als Orakel von Delphi erzählen. Ich ahne, dass sie es ohnehin weiß.

Efrosina nimmt zwei kleine Gläser und schenkt Ouzo ein.

»Achte beim Einschlafen darauf, woran du denkst. Ist es derselbe Mensch oder dieselbe Sache wie beim Aufwachen, dann ist er für dich bestimmt.«

Ich schaue sie an und schmecke den Ouzo im Mund. Meine Zunge brennt. Ich greife zu einem Stück Wassermelone. Efrosina stapelt auf ihrem sanftroten Stück Frucht ein weißes Stück Käse und isst es genüsslich.

»Schön, dass du da bist, Katerina. Du entschuldigst mich, ich gehe jetzt schlafen«, sagt sie, küsst mich aufs Haar und wünscht mir eine gute Nacht.

Ich wälze mich im Bett hin und her und verbringe einen großen Teil der Nacht in halb wachem Zustand. Was bringt mir ein Treffen mit Johannes? Werde ich ihn morgen sehen? Wie wird es laufen? So viele Fragen, die mir keine Ruhe lassen. Soll ich ihn wirklich treffen? Natürlich wünsche ich mir, dass wir zusammen sind und jede Minute gemeinsam verbringen. Obwohl ich nicht weiß, wie er auf mich reagieren wird. Bedeute ich ihm noch etwas oder war ich nur eine Episode in seinem Leben?

Endlich schlafe ich ein.

Als ich aufwache, ist es draußen hell. Der Tag zeigt sich warm und sommerlich. Sorgfältig mache ich mich im Bad fertig, ziehe mein Kleid und die Sandalen an und gehe hinaus in den Garten. Dort wartet keiner auf mich. Ein Zettel steht an eine Kaffeekanne gelehnt.

Guten Morgen, Katerina!

Ich hoffe, du hattest eine ruhige Nacht. Gib dir eine Chance, die Liebe zu leben. Efrosina

Ich falte den Zettel, schenke mir eine Tasse Kaffee ein und trinke einen Schluck. Danach drängt es mich, mich sofort auf den Weg zu machen. Schnell lasse ich das Haus meiner Gastgeberin hinter mir und laufe dorthin, wo sich die Liebe befindet.

Knie und Hände zittern heftig und ich spüre die ersten Schweißtropfen, zuerst auf der Stirn und danach auf dem ganzen Körper. Bald klebt mein Kleid an mir. Trotzdem laufe ich weiter. Beruhige dich, Katerina, sage ich mir. Du schaffst es. Nimm alles gelassen. Während ich mir diese Sätze sage, verkrampft sich mein Herz vor lauter Angst.

Auf einmal stehe ich in der Mitte der Straße und erkenne, dass ein Auto mit hoher Geschwindigkeit auf mich zu fährt. Vor Schreck bleibe ich stehen. In dieser Sekunde sehe ich den Mann hinter dem Steuer und sein wütendes Gesicht.

»Spinnst du? Was machst du hier? Hast du keine Augen im Kopf? Dumme Gans«, schreit er.

»Idiot! Lass mich in Ruhe! Fahr weiter!«, schreie ich ebenso. Mein Atem geht so schnell, dass mir schwindelig wird.

»Du spinnst! Die Welt ist voll mit Idioten wie du, die nicht wissen, wo sie hinlaufen sollen«, brüllt er weiter.

Da er Grieche ist, wird er nicht so bald aufhören. Das weiß ich. Mir bleibt nur, mich aus dem Staub zu machen.

Fiebrig, zornig und verschwitzt gehe ich zurück zum Gehweg und laufe weiter. Der Fahrer startet den Motor und fährt schnell weg. Verdammt! Ich hätte von dem Auto erfasst werden können. Ich muss aufpassen, sonst lande ich statt bei Johannes in der Notaufnahme.

Was mache ich jetzt?

Soll ich meinen Weg fortsetzen oder umkehren? Efrosina schrieb von einer Chance. Habe ich eine? Ich weiß es nicht. Meine Füße finden wie von selbst die Richtung und die Straße.

Als ich dort bin, klopfe ich an die Tür und erfahre, dass Johannes nicht da ist. Er ist wieder in der Stadt und hat einen wichtigen Termin.

Ich verabschiede mich und gehe zurück. So ein Pech.

Wenn ich einen Menschen so brauche und mich so nach ihm sehne, dass es wehtut, ist er nicht da. Wird es immer so sein? Die Enttäuschung breitet sich in mir aus wie ein Gift, das durch die Adern fließt. Wie konnte ich so naiv sein zu glauben, dass ich ihn treffen würde, um ihm zu sagen, was ich für ihn empfinde.

Langsam kehre ich zurück zu Efrosinas Haus.

Alles, was ich sehen wollte, war Johannes. Jetzt ist es vorbei mit der Hoffnung, diese Liebe zu erfahren und zu leben. Ich muss mein Ticket umbuchen und mich von Efrosina verabschieden. Als ich ankomme, sitzt sie mit geschlossenen Augen am Tisch, die Hände auf dem Schoß. Ihr Gesicht strahlt himmlische Ruhe aus.

Wenn ich sie ansehe, habe ich das Gefühl, dass sich alles von mir in Sekundenschnelle auf sie überträgt. Sie hört mich und öffnet die Augen. Ihr reicht nur ein Augenblick, um zu erkennen, was passiert ist.

»Komm Kind, komm! Setz dich zu mir. Ich muss dir etwas sagen.«

Mein Schweigen nimmt sie als Zeichen, dass ich ihr zuhöre. Sie legt ihre Hand auf den Stuhl neben sich. Es ist wie die Einladung zu einem geheimen Bund, von dem niemand etwas mitbekommen soll.

»Nach der Dunkelheit geht die Sonne wieder auf. Nach jeder Niederlage kommt ein Sieg. Jede verpasste Gelegenheit öffnet die Tür für eine andere. So kannst du auch das Leben sehen. Lohnt es sich für dich, um diese Liebe zu kämpfen?«

»Ich wünsche mir nichts anderes auf der Welt, als mit Johannes zusammen zu sein, Efrosina. Das war mein Traum, jetzt habe ich ihn verloren.«

»Was redest du da, Katerina? Hör auf! Es ist nicht vorbei. Es hat noch nicht angefangen, das mit euch beiden«, sagt sie mit tiefster Überzeugung in der Stimme. Die Frau, die da redet, ist mir unbekannt und gleichzeitig kenne ich diese machtvollen, bestimmenden Worte. Woher kenne ich sie?

»Du gehst jetzt, ruhst dich aus, nimmst ein Bad und am Abend gehst du noch mal dahin.«

»Ich fliege nach Hause, Efrosina. Es ergibt keinen Sinn mehr, hinter einer Illusion herzurennen.«

»Ich sage dir, Katerina, wer nicht kämpft, der hat schon verloren. Es ist dein Leben.« Sie steht auf und geht durchs Gartentor nach draußen. Dort setzt sie sich auf die Bank am Gehsteig, ohne ein Wort zu sagen.

Wie ein verlassenes Kind stehe ich da, ohne zu wissen, was richtig und was falsch ist. Ich will nach Hause fliegen. Meine innere Stimme sagt mir aber, dass das falsch wäre und ich hierbleiben muss. Diese letzte Chance nutzen, um Johannes zu finden.

Hin und her gerissen lege ich mich hin und zähle die Ornamente auf dem Vorhang am Fenster. Das erinnert mich an das kindliche Spiel mit den Margeritenblüten. »Liebt mich, liebt mich nicht, liebt mich, liebt mich nicht.« Die Absurdität des Spiels ändert nichts an meinem Zustand.

Nach ein paar Stunden wird es allmählich dunkel. Wie ferngesteuert stehe ich auf, mache mich fertig, ziehe ein T-Shirt und eine kurze Hose an und gehe nach draußen.

Efrosina ist nicht da. Im Garten ist es still. Ich habe das Gefühl, alles wartet. Der Wind wartet hinter den Blättern versteckt, die Vögel warten mit ihrem Gesang, der Mond wartet. Bis ich rausgehe.

Die Straße ist menschenleer. Zu dieser Zeit sind normalerweise viele Menschen unterwegs. Schnell erreiche ich das Künstlerhaus.

Es ist schon dunkel und ich rieche zuerst Gegrilltes, bevor ich die Menschen sehe. Die Hecke schützt mich. Ich möchte Zeit haben, um zu erkunden, was da los ist. Unter den Weinreben sind alle zum Abendessen versammelt. Der lange Tisch ist voll mit Tellern und Gläsern. Ich kann nur ahnen, wie lecker die Gerichte aussehen und schmecken.

Plötzlich macht mein Herz einen Freudensprung. Mit dem Rücken zu mir sitzt Johannes und spielt Gitarre. Ich höre einzelne Töne. Ich bin so aufgeregt, dass ich nach Luft ringe und zwinge mich, tief zu atmen. So vergehen Minuten, die mir wie eine Ewigkeit erscheinen, bis ich wieder zu mir komme und klar denken kann.

Ich gehe ein paar Schritte in Richtung Gartentor, dann merke ich, dass links von mir ein Loch im Zaun ist. Ich bücke mich und schlüpfe wie ein Dieb durch das Loch hinein. Keiner sieht mich, das ist gut. Dann bemerke ich einen kleinen Flügel, der in der Nähe einer Statue von Apollon steht. Unter den Künstlern sind auch einige Musiker.

Blitzschnell treffe ich die Entscheidung. Ich muss zum Flügel, ohne dass mich jemand sieht. Mach es, Katerina, sage ich mir. Mit entschlossenen Schritten laufe ich zum Flügel.

Das ist mein Moment. Ich werde in die Musik hineinspringen wie ins Meer. Egal, was passiert.

Ich setze mich und beginne zu spielen. Im Garten erklingt Ludovico Einaudi. Mein ganzes Leben ist in diesem Spiel. Die Welt hört auf zu existieren. Es gibt nur mich und die Musik, bis ich zwei zarte Berührungen auf meinen Schultern spüre und höre: »Spiel für mich weiter, Katerina.«

Ich spiele das Stück zu Ende, erst dann möchte ich mich umdrehen. Johannes macht einen Schritt zur Seite, wartet ab, bis ich aufstehe und nimmt mich in die Arme.

»Wir alten Seelen gehören zusammen!«, flüstert er und ich verliere mich in ihm. Die Künstler klatschen und lachen.

Der Mond ist endlich aufgegangen und macht seine nächste Reise um die Welt, zusammen mit uns beiden.

ENDE

 # Über die Autorin

Ich bin im April 1958 in einer Unternehmerfamilie in Bulgarien geboren.

Nach dem Studium der bulgarischen Philologie und des Lehramts, einer Ausbildung als Radiokorrespondentin sowie Lehrtätigkeiten in verschiedenen Schulen des In- und Auslands bin ich seit 2000 als psychologische Beraterin, Coach, Trainerin und Autorin in Karlsruhe tätig.

Besuchen Sie meine Seite: www.autorinschreibt.blogspot.de

Weitere Bücher der Autorin